俺の上には空がある
広い空が

桜井昌司

マガジンハウス

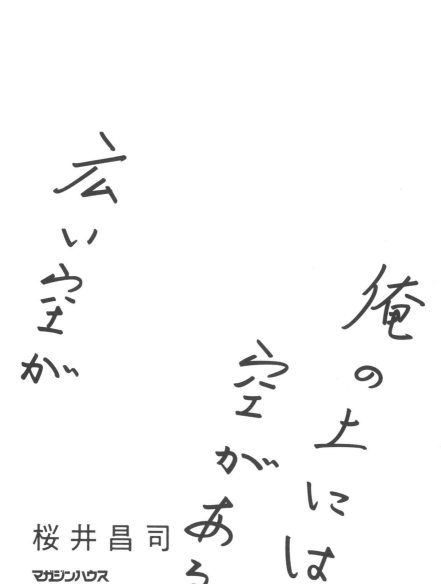

俺の上には
空がある
広い空が

強さと優しさに

苦しみに耐えた人が
もし強くなれるのならば
私の強さは無類だろう
自由を縛られた刑務所の中で
二十代を失い
三十代を失って
今、四十五歳
ひたすらに耐えてきた二十五年
苦しみに耐えてきた人が強くなれるのならば
私の強さは無類だ

1992年3月

悲しみに耐えた人が
もし優しくなれるのならば
私の優しさは底なしだろう
人間の心をも断ち切る刑務所の中で
母も失い
今、父も失って
何もできないままに
ひたすらに耐え続ける歳月
悲しみに耐えた人が優しくなれるのならば
私の優しさは底なしだ

裁判のたびに誤判が重ねられて
それでも本人はやめるわけにはいかない

負けるわけにはいかないが
私たちの真実を背負って
川の流れに砂をまくように
社会で支援してくださる人々がいる

もし私に強さと優しさがあるとすれば
それは耐え忍んだ月日によるものではない
人間の人間として強さが
人間の人間として優しさが
どこにあるかを教えてくださる人によるのだ

きっと
私に強さと優しさを与えてくれたものは
人間の祈りと願いの力だ

「被告人に対する強盗殺人事件については無罪」

裁判長が判決文を読み上げた瞬間、肩の荷が下りた。

「これで終わった、もう犯人ではなくなったんだ」という思いが広がって、身体の力が抜けた。身体の芯から安らかな思いが湧き上がってきた。

涙は出なかった。

自然と笑いたくなるような気持ちで判決を聞いている耳に、法廷のある3階の窓の外から「万歳！　万歳！」と叫ぶ支援者の声が届いた。おそらく私は笑っていたと思う。

20歳の秋に始まり、64歳の初夏に終わった冤罪《えんざい》との闘い。

43年7カ月に及んだ歳月は、まったく無駄な時間ではなかった。自分にとって必要な時間だった。

死刑・無期懲役事件では戦後7件目となる再審無罪判決で、布川事件が決着した瞬間だった。

余命1年の宣告

無罪判決から8年が過ぎた2019年9月、私は癌の告知を受けた。「ステージ4の直腸癌。肝臓の2カ所に転移した癌は小さいが、同時に手術することは不可能」というのが医師の診断だった。「肩に穴を開けて定期的に薬物を注入して2年、何もしないで1年の余命」と宣告された。

20歳のとき、「桜井、やってないなんて突っ張ってると死刑もあるんだぞ。死刑になってから助けてくれ、勘弁してくれと言っても遅いぞ。素直に認めろ、殺したと認めろ」と自白を迫る警察官の言葉に追い詰められた。死刑が怖くて、やってもないのに「やった」と言ってしまった。それくらい死に対する恐怖があったのに、72歳で宣告された余命に怖さを感じることはもうなかった。

これまでの人生を振り返ると、29年間の獄中生活も含めて、すべて幸せだったといえる。充分に人生を楽しみ、1年後に死んでも満足だと心底思えたのだ。

刑務所で次のような詩を書いた。

待つ

冷え切った身体よりも
もっと冷たい寝床の中で
体温が布団に吸われ
体温が畳に届いて
やがて
自分自身を包みこむまで
待つ

1990年12月

じっと待つ

自分の生命を
生命の温もりを
こんなにも感じられる冬は
苦しみが喜びだ
生きている喜びだ

待つ
監視される暮らしの中で
耐え難い思いを味わうとき
あなたの激励の言葉が
あなたの支えの活動が
私の苦痛を静かに包みこんで

やがて
生きる力をよみがえらせてくれるまで
待つ
じっと待つ

人間の真心を
真心からの愛を
こんなにも味わえる刑務所は
苦しさが喜びだ
生きる喜びだ

苦しみも悲しみも
辛さも悔しさも
数え切れぬほどに味わった月日を

待って
待って
待ち続けて二十三年

真実を守る人々の
きぜんたる姿勢と優しさが
正義を支える人々の
敢然たる歩みと愛情が
私の耐え難い思いの数々を
喜びに変えてくれた二十三年の歳月

今、獄中に二十四度目の新年を迎えて
真実を守る人々と共にある喜びの中で
正義を支える人々と共にある喜びの中で

私は明日を待っている希望の明日を待っている

44年近くに及んだ冤罪体験（そのうちの29年間を拘置所と刑務所で過ごした）と74年の人生は、「不運は不幸ではない」の言葉に表される。

無罪になったから、そう思うのではない。20歳から64歳まで、冤罪を背負った体験と思いのなかでこそ、私は人間として成長することができた。死刑にされるかもしれないという恐怖を感じながら、無実を明らかにしたいと努力するなかで、今生きる命である自分自身を考えた。

刑務所では目の前のことに全力で立ち向かい、一日一日を「今日は頑張った」と思えるように過ごそうとした。その積み重ねの結果、どこに生きても喜びはあるし、喜びから味わえる幸せがあることを知った。

自由を奪われる苦痛は、半端ではない。ましてや自分がやってないのだから、ときに気が狂いそうにもなった。そのとき、私は目を閉じて「俺の上には空がある、広い空がある」と呪文のように唱え、深呼吸を繰り返して自分を落ち着かせた。

今、自分にある思考と、そこから生まれる行動は、この43年7カ月に及んだ冤罪体験が創り上げたものだ。素晴らしい支援者と日本一の弁護団に恵まれ、人様の善意に支えられて闘ってきた。多くの関係者が亡くなり、ともに闘った同志である杉山卓男も他界した。

意志が弱くて怠け者で小悪党のような生活をしていた私の反省と経験を通じて、今伝えたい思いをまとめたのが本書である。

俺の上には空がある広い空が　＊　目次

空 160

1967年
8月30日

20歳

事件発覚

今さら事件のことを書いても面白くもないが、少しだけ書いてみたい。

私が逮捕されたのは20歳の秋だった。

茨城県の利根町中田切という地区に住み、布川小学校、布川中学校から竜ヶ崎一高に進学した。勉強する意欲もほとんどないまま、高校1年で中退し、その後はくだらない生き方をしていた。将来に夢も希望も持っていなかった。自分に自信もなかった。何をしていいかもわからなかった。ただ目先の楽しさだけを追って、競輪などギャンブルの刹那的な快楽に向かうときだけが楽しかった。

１９６７年8月30日朝、殺人事件が発覚する。利根町布川で一人暮らしをする玉村象天さんが自宅で殺害されているのが発見されたのだ。被害者の両足はワイシャツで縛られ、部屋の仕切りガラス戸が割れていて、部屋中が荒らされていたことから強盗殺人事件として捜査が始まった。

当時、私は無職だった。子供の頃から怠け者で、どこの職場も長続きしない。今と違って働き口はいくらでもあったため、配管工事会社を8月中旬で辞めた後も、そのうち次の仕事に就けばいいとのんびり構えていた。家族には働いているように装って、朝出かけてはぶらぶらする日々を過ごしていた。

8月29日。千葉に嫁いだ姉のところに稲刈りの手伝いに出かけた。姉は義兄とケンカしたとかで子供を連れて利根町中田切の実家に帰っていて不在だった。その晩はそこに泊まって翌30日、義兄と昼飯を食べていると利根町布川の玉村象天さんが殺されたというニュースが有線放送で流れてきた。

玉村さんの家は近所で、小学生の頃には庭で遊んだこともあった。また、同級生の家に行くため玉村さんの家の前を自転車で行ったり来たりすることもあった。

31日夕刻、稲刈りの手伝いを終わらせて自宅に戻る。

その後も無職生活を続けた。寿司屋で働いたり、自衛隊に入ろうとしたり、また別の寿司屋で働いたりもしたが、酷《ひど》いときは勤めた翌日に金をちょろまかして逃げてしまったこともある。今さら書くのも恥ずかしいが、やってしまった事実は消えない。本当に恥ずかしい生き方をしていた。

こうして10月10日を迎える。

1967年
10月10日

20歳

夜風に金木犀は香って初めての手錠は冷たかった

当時、好きな人がいた。恋人のような関係だった。10月10日、久しぶりに彼女が勤めていた会社に電話を入れると「私の家に、ショウちゃんを見張って、茨城の刑事さんが2人いる」と聞かされた。

茨城県内で悪事を働いた覚えのなかった私は、「茨城の刑事に追われる理由はないから、今から行くよ」と伝え、池袋駅で彼女と待ち合わせた。一緒に東京・十条にある彼女の家に向かおうとしたが、これまでも彼女の家に迷惑をかけてきたため多少気まずい思いがあった。酒の勢いを借りなくては出向けない。彼女を先に家に行かせ、私は十条銀座にあった「バクダン」という食堂に寄った。

「バクダン」は安いご飯と酒を売りにする呑み屋兼食堂だった。しばらくテレビでナイターを見てから、ようやく重い腰を上げて彼女の家に向かった。するとと細い路地道の前方から彼女の父親が見知らぬ2人の男と並んで歩いてきた。横を通り過ぎようとするので声をかけると、怒ったように「飲みに行くから来い」と言った。

歩いている途中で、この2人が警察官であることに気がついた。

一緒に「バクダン」で飲み直した。隣に座った2人のうち年配の方が「俺は茨城県警のHって言うんだ。隣はF。柏市の同級生のズボンを持って行ったよな？ そのことで聞きたいことがあっから、これから取手警察へ来てもらうから」と言った。

私たちは東十条駅に向かい、交番の手前にあった公衆便所で手錠をされた。ひんやりした感触だった。交番の電話でFが「本部ですか、ガラを取りました」と興奮したように話す声を今でもはっきりと思い出す。

電車で取手駅に着いたのは日付の変わる頃、駅前で待機していたライトバンに乗り込み、取手警察署に入った。

長い冤罪生活を考えるときに、いつも「始まり」として思い出すのがこの夜のことだ。H、F、そしてライトバンを運転していたT。私の「自白」を作り上げた3人の警察官が車内に揃った夜。あれから長い拘束の29年が始まった。1967年10月10日夜、正確には11日に変わる頃だった。

1967年
10月15日

20歳

人をだました心が自分をも裏切って嘘の自白をした

逮捕の翌日。朝7時に起こされた。ご飯と味噌汁にお新香の朝食。ご飯は三口、四口くらいしかなかった。

留置場前のコンクリート廊下を挟んだ「接見室」と表示された部屋で、刑事の取り調べが始まった。同級生のズボンを盗った件で調書が作られる。質屋に入れるために盗んだのだった。余罪を訊《き》かれ、自分の犯した10数件の盗みについて白状した。この際だから過去を清算しようという気持ちだった。

それから8月後半の行動について訊かれた。

8月中旬までは仕事をしていたから記憶を辿《たど》るのは簡単だが、それ以降が思い出せなかった。そもそも40日以上も前のことである。

8月26日は父親の給料日翌日だったので、母親から金をもらって松戸競輪に行ったことをまず思い出した。その夜は東京に住む兄のアパートに泊まった。

27日は取手競輪に向かう。場内で同じ中田切に住む先輩と出会い、その車で利根町まで送ってもらう。布佐駅に預けた自転車で、布川に住む同級生のところにに向かい、そこに泊まった。

翌28日朝、布佐駅に行くと「柏、我孫子駅間で貨物車の脱線転覆事故があって常磐線は不通」と張り紙があった。成田駅回りで上野へ行き、また布佐に戻り、我孫子駅で会った知人の身分証を借りて自転車を質屋に入れた。その金で取手競輪に行ったが負ける。夜は兄のアパートで過ごした。

29日取手競輪。その後、姉の嫁ぎ先へ稲刈りの手伝いに行った。

30日も稲刈り。２泊して31日夕方中田切の自宅に帰った。

当初、自分に強盗殺人の疑いがかかっているとは夢にも思っていなかった。が、10月13日から本格的な調べが始まると、Ｈは玉村さんが殺された事件を捜査している茨城県警捜査一課の警部補だと名乗った。８月28日夜のアリバイを「もう一度聞かせてもらいたい」と言う。兄の家に泊まったと繰り返すが、「兄さんは来てないと言ってる」と返され、警察が調べて違うと言うなら自分の記憶が間違っているのだと思った。

アリバイが答えられない私に対して、最初は穏やかだったＨの口調がだんだん詰問調に変わっていった。

「桜井！　俺もゴウリキハン係を35年やってるが、最初から殺《や》りましたと素直に言う奴はいねえんだよ。俺じゃねえ、違う、みんな言うんだ。でもよ、いつまでも隠し通せるものじゃないし、どうせわかっちゃうんだから、正直に話したらどうだ。お前の身のためだぞ」

心外だったが、アリバイが思い出せないため反論できなかった。悔しくて「なぜ思い出せないだけで、犯人扱いするんですか！」と抗議した。

するとHが言った。

「違うよ、お前と杉山を見たと言う人がいるんだよ！」

驚いた。そのときまで杉山と一緒に玉村さんを殺したと疑われているとは考えもしなかった。


杉山卓男は兄の友人関係にあった。所構わず乱暴をし、弱い人にかつあげを平然と行う、私が一番嫌いなタイプの人間だった。そもそもコソ泥だった私とは肌合いが違う。

逮捕される1週間ほど前、柏市の焼肉屋で杉山と、その仲間たちと一緒になったときのこと。突然杉山がビール瓶で殴りかかってきて、私の左手にはそのときにできた切り傷が残っていた。Hにそれを見せながら、杉山と一緒に玉村さんの家になど行ってないと訴えたが、Hはさらに畳みかけてきた。

「杉山が道路に立っていて、お前が勝手口で玉村さんと話していたのを、自転車で通った人が見てるんだよ。その人が、桜井昌司と杉山卓男だったと言うんだから。見られてるんだから駄目だよ。言い逃れできないよ」

そのとき私が思ったのは、「杉山、やはり殺ったか！」ということだった。見境なく人を殴るような男だから、とうとう殺しまでやってしまったのだと思った。


後からわかるのだが、玉村さん殺害が発覚した後、利根町の町民を対象にした聞き込み捜査が行われた。事件があったと思われる28日夜、玉村さん宅前で2人の男が目撃されていた。現場には40数個の指紋と掌紋が残されていた。また、遺体の近辺からは8本の毛髪と陰毛が採取された。

犯人を2人組と推測し、警察は前科保持者や素行不良者などを調べたが、指紋や毛髪に一致する人間には辿り着かなかった。

刑事が聞き込み捜査で私の家に来たのは9月4日、母と一緒のときだった。私は仕事を続けているふりをしていたので、母には「ビル清掃の親方のところに泊まった」と嘘を語っていた。そのため刑事に対しても「押上の親方のところに泊まった」と伝えた。それが10月上旬に行われた裏付け捜査で嘘と判明したため、私は「同級生のズボンを盗った」という別件の窃盗容疑で身柄を押さえられたのである。

逮捕されて5日目。取り調べをしているHから「お前の言ってることが嘘か本当か嘘発見器にかける」と言われた。これは嬉しかった。事件当夜の自分の行動を思い出すことに疲れていたからだ。一方的に「自白しろ」と迫られることにほとほと嫌気がさし、どうにもならない絶望的な気持ちになっていた。嘘発見器であれば、私が嘘をついてないことを証明してくれるはずだ。救いの神とも思えた。

1時間半くらいの検査の後、係官は「よくわかりました。後は調べの人に説明してわかってもらいなさい」と言い残して帰っていった。

「俺じゃないとわかったでしょ!」

嬉しさを隠しきれずにHに話しかけると、腕を組んだHは黙って下を向いた。このときのことを思い出すと、今でも悔しさが込み上げてきて心が乱れる。Hはおもむろに言った。

「桜井、残念だったなあ。犯人だと出てしまったよ。俺には、お前と同じ年の息子がいるんだよ。だから、お前が犯人じゃなければいいと思っていたが、もう駄目だ。嘘発見器で犯人だと出た以上、もう逃れられないぞ」

本当にガッカリした。何を話しても信じてもらえない。

何としても「やった」と認めさせたいのだろう。どうせ杉山と誰かが犯人だろうし、真実はやがて調べが進めばわかるに違いない。一時的に自分が犯人にされても構わないのではないか。

10月15日午後5時過ぎのことだった。

それでも多少の迷いが残っていた。嫁いだ姉のことが気になったし、家族の受ける打撃が心配だったからだ。それで「新聞に出ますか？」と尋ねた。Hは「お前さんが出さないでと言うならば、出さないようにしてやる」と言った。

それならば一時的に犯人になるのは構わないと思った。自分はやっていないのだから、取り調べをしていけば、自ずと無実は証明されるはずである。そう考えた。あの頃の私は司法システムを信頼しきっていたのだ。

それでも悔しいので、「わかりました、認めますけど、もし俺が犯人じゃないとわかったならば、クビを覚悟してもらいますからね」とHに対して捨て台詞《ぜりふ》を吐いた。Ｈは猛烈に怒った。「そんなことを言ってるから、何時《いつ》までも俺に世話を焼かせんだよ！　どうやって殺ったのか、言ってみろ！」と大声を出して、私の額を拳で突くように押した。

警察は翌日杉山を別件逮捕し、我々２人が共犯という嘘のストーリーを作り上げていくことになる。

1970年
10月6日
23歳

嘘が真実に変わった
人殺しの犯人だと裁判官が言った

なぜ無実の人が嘘の自白をするのか、してしまうのか。不思議に思う人が多いだろう。私も疑問だった。知らないはずの事件内容を自白などできるもんかと。だけど当事者になると、意外と簡単だった。

「やった」と認めた以上は「知らない」とは言えないため、事実の記憶を、日付や時間を事件に合わせて置き換え、嘘を重ねていった。

9月1日に我孫子駅で杉山と会った記憶が残っていた。この事実を、まず、事件があったという「8月28日」に置き換えた。困ったときは取調官が助けてくれた。玉村さんが着ていたシャツが「長袖？　半袖？」と聞かれれば、30度を超える真夏日にまさか長袖はないだろうと推測し、「半袖でしたかね」と答える。

玉村さんの穿《は》いていたらしい「カーキ色作業ズボン」については、正しい答えが出るまで、「黒、灰色、白」と、何度も言い換えた。Hは自分が認識する事実や思い描いている言葉が出ると、満足そうな顔をして、それをノートに記していった。

子供の頃に玉村さんの家の庭で遊んだこともあったので、家の大まかな間取りも知っていた。ワイシャツでぐるぐる巻きにされていた、猿轡《さるぐつわ》をされていた、「8畳間の押入れの前で殺されていた、畳がぶち抜かれ床下にあった甕《かめ》の中から何百万と盗られた」など町の噂話をそれまで散々耳にしていたため、Hらの表情を読みながら答えを選べば、犯行自白を作るのはそう難しくはなかった。

Hはこんなことも言った。

「人を殺しているんだから、興奮して覚えてなくて当たり前だ。何度も考えれば思い出すから、よーく考えてみろ」

もしかすると、本当に人を殺した人も、自分のやったことを正確に覚えていないことがあるのかもしれない。真犯人の「記憶混乱自白」を体験する取調官は、矛盾する自白であっても、それが偽の「自白」での矛盾か、記憶の混乱による矛盾なのかを見分けられないのかもしれない。

10月17日。夜の取り調べで調書作りが始まったとき、暫《しばら》く部屋を出ていたHが戻ってくるなり、「桜井、いい加減にしろ！　杉山はお前が首を絞めたって話してんだぞ」と怒鳴った。驚いた。杉山が犯人のはずなのに、なぜ俺が絞めたことになっているのか。だがすぐに考え直した。杉山は共犯者を庇《かば》いたいのだろう。それならばいずれは真犯人がわかるはずだ。そう考え、「首を絞めたのは私」と供述を変更した。

この日は「捜査本部の飯を食わせてやる」と言われてモツ煮込み丼を食べた。冷えたモツの味を覚えている。調書作成が終わったのは日付が18日に変わってからだった。

10月26日。Hが「お前のあんちゃんが、8月28日夜お前を部屋に泊めたと言ってるぞ」と言い出した。最初からそう説明したと抗議したが、「お前の兄貴が間違えたんだから仕方ない」と言われ、仕方なく、言われるままに「犯行後に兄のアパートに向かい、泊まった」と供述を変えた。

兄のアパートに泊まった事実を認めてもらったことから、事件当日の自分の行動について記憶が徐々に蘇《よみがえ》った。

8月28日朝。前日から泊まっていた同級生の家を出て布佐駅から我孫子へ。知人と会い、身分証を借りる。それを使って自転車を質に入れる。夕方取手競輪へ。前日にも会った先輩と再会し、借りていた500円を返す。競輪は負ける。先輩と一緒に競輪場を出る。先輩は車で利根町に戻り、私は常磐線と山手線を乗り継ぎ高田馬場へ。夜7時頃、駅近くの居酒屋「養老乃瀧」でビールと酒を飲んだ。店のテレビでは「アベック歌合戦」をやっていた。8時頃、西武新宿線に乗って野方駅で下車。兄のアパートに向かう。9時半頃、風呂に行こうかとアパートを出たが、気が変わって兄の勤めるバーへ行って飲んだ。兄と話をする。10時半頃アパートに戻ると杉山がいた。杉山はしばしば兄の部屋に寝泊まりしていた。

記憶を思い出したため、取り調べをしているHに対して「かわいそうに。もうすぐ俺が犯人じゃないことがわかって恥をかくだろう」と同情のような気持ちを抱いた。

10月27日夜。自分の一連の行動を話すとHは「お前、思い出したってどうしたんだ。今までの話はどうなるんだ」と、少し青い顔で慌てたように言った。それでもHは大まかなことをノートに書き記し、留置場を出たのが夜10時頃だったと思う。

翌日は朝から取り調べだった。Hは初っ端、言った。

「お前のアリバイは、みんな嘘とわかった」

さすがにこのときは、Hの言葉を信じることができなかった。前夜遅くに話したことを、そんなに早く調べられるわけがない。犯人と認めた調書はすでにできているし、警察は今さらメンツを潰されたくないのだろう。ここで真実を訴えて握り潰されては敵わない。今は「自分が犯人」と認めておこう。本当のことは検事に会えたときに話せばいいと思った。

11月8日。水戸地検土浦支部に身柄を移された。

拘置所は警察の留置場とは全く違った。拘置所は、留置場と違って運動などの時間があって、食事も充分な量を与えられた。拘置所に移って私はすぐに日記を書き始めたが、そこには「天国と地獄ほどの違いだ」と残している。

拘置所に移って2日目だったか、拘置所の西隣にあった検察庁に呼ばれてA検事の調べを受けた。そこで初めて無実を訴えた。

A検事は最初は苦笑いをして取り合ってくれなかったが、それでも当日の私の行動を一通り確認してくれたようだ。そして「残念だが、君の言うアリバイは確認できなかった」「この件を起訴するかは僕の一存では決められない。起訴されても、本当にやってないならやってないと言いなさい」と助言された。

結果的に、そのときの水戸地検の判断は玉村さんの殺害について「処分保留、釈放」だった。後からわかるが、この時点で、杉山と私を犯行に結びつける物証は何一つなかった。

ところが「処分保留、釈放」にもかかわらず、杉山と私は別件容疑での起訴後勾留の下、警察の留置場に戻される。留置場房内の看守の仮眠室で、玉村さん事件の取り調べが再開した。

強盗殺人事件の犯人として自分の名前が新聞に出たことも知った。「新聞に出さない」とHは約束したのに。約束を反故《ほご》にされた怒りを抗議の手紙にして送った。ところがHは「お前が無実だと突っ張っても、今までの調書が、お前の有罪の証拠になるんだ。下手に突っ張ってると大変なことになる、死刑もあるぞ。死刑になってから助けてくれと言っても遅いぞ」などと言い始めた。

「調書が有罪の証拠だ、死刑もある」と言われ続けると、「有罪、死刑」という言葉が重くのしかかってきた。私は情けないことに再び、「やった」と言ってしまう。

再び、検察による取り調べが始まる。A検事の後任のYと初めて会ったとき、大きな机を挟んで向き合った。Y検事はいきなり机をたたき、「この事実を認めるのか、認めないのか！」と大声を出した。その声を聞いて、私は思わず涙を流してしまった。悔し涙だった。

警察では責められることの恐怖で本当のことを言えなかった。だからこそ、検察官には真実を訴えようと思ったのに、いきなり大声で責められたのである。やってもいないのに、どうしてこんな仕打ちを受けなければならないのか。情けなく、悔しかった。

2回目の調べでY検事は静かな声で言った。

「調書に書かれているような詳しい内容は、犯人でなければとても語れない」

「真実の話ならば、たとえ裏付けがなくても心に響くものがあるが、君の言葉には、僕の心に響くものがない。真実とは思えない」

Y検事の言葉が今でも蘇る。

「君の話すようなことくらいでは裁判官は信じないよ。これでは救ってやりようがない」

「救ってやりようがない」

そう言われて、それは警察で言われた「死刑もあるぞ」と同じくらい重く堪《こた》えた。

なぜ本当のことを主張し続けることができなかったか。今でも繰り返し考える。

最初は、「お前が犯人」と責められる目の前の苦痛から逃れたかったことがある。その上に杉山が犯人と思わされたので、自分の無実は証明されるという楽観視があった。警察に戻されると、今度は「死刑」と脅された。そして後任のY検事の「救ってやりようがない」という言葉。

ここまで来ると、嘘でも「やった」と言ってしまった自分の方が悪いというような気持ちになった。せめて死刑にだけはなりたくなかった。

翌年2月15日から始まった公判で、ようやく私は「やっていません」と否認を始めるが、手遅れだった。水戸地裁土浦支部は、「自白は信用できる、やっていない者が自白できるはずがない」と、1970年10月、無期懲役の有罪判決を下した。

1973年
12月20日
26歳

寒い季節よりも冷たい言葉で裁判官が誤りを重ねた

一審の無期懲役が出た後、大きな変化があった。弁護士の柴田五郎先生との出会いである。また、先生を通じて日本国民救援会東京都本部を知り、この後の私の闘いを支えてくださる多くの人たちと知り合うことになる。

支援しても得することなど何もないのに、驚くほどたくさんの方が手紙をくれ、カンパだとお金を送ってくれた。本当に有り難かった。

何の見返りも求めずに支援してくださる人たちとのやりとりを通じて、私はそれまで自分のしてきた盗みを本当に恥ずかしく思うようになった。

小菅拘置所に移ってから杉山とも手紙のやり取りを始めた。杉山のことは嫌いだったが、共犯とされている以上、力を合わせて闘うしかない。

こうして、たくさんの人から支援をいただいて二審を闘った。

しかし約3年の闘いでも冤罪が晴れることはなかった。

1973年12月20日、東京高等裁判所は有罪の控訴棄却判決を出した。

1977年
3月20日

30歳

母が逝った
それでも春風が吹いた

母は寡黙な人だった。何があっても苦しいとか辛いとかを言わない人だった。

妹が生まれてまもなく、母は幼い私と妹を連れて栃木の実家へ行ったことがあった。当時の列車ダイヤは不順だったのか、どこかの駅で停まってしまい、そこから実家まで歩いた。夜になった。0歳児を背中におぶって、まだ4歳くらいだった私の手を引いて歩いた母の気持ちを考えることがある。あの闇の中の歩みは母の人生そのもののように思える。幸せや喜びはあったのだろうか。

その母が体調を崩して面会に来られなくなった。1975年になった頃である。

毎月来ていた母にかわって現れるようになった姉は、しばらくのうちは「たいしたことない」と隠したが、そのうちに母の病気は子宮癌だと知らされた。母はそのまま二度と面会に来ることはなかった。

最高裁判所に「死に目に会わせてほしい」と、拘置停止申立書を提出して頼んだが、許可は下りなかった。

１９７７年３月20日、母の死を知る。電報を目にした瞬間、身体を風が吹き抜けていくような冷たさを感じた。涙は出なかった。

拘置所での生活のなかで一番悲しかったことだ。

今、これを書いていると母を思って涙が出てしまうのに、あのときは帰るべき故郷を失ったような思いのなかで、ただ身体を吹き抜ける冷たい風を感じるばかりだった。そして春風が吹いたとき、なぜ母のいない世界に温かい風が吹くのかと腹立たしく思った。

1978年
7月3日 | 31歳

看守の鋭い足音が最高裁判所の決定を運んで来た刑務所生活が始まった

東京拘置所には8年いた。８年もいれば職員と親しくなるし、長く付き合えば職員も情が湧くのだろうか、かなり面倒をみてもらった。なかでも○看守部長にはお世話になった。今はもうご存命ではないかもしれないが、感謝している１人だ。

その○さんが最高裁判所の決定を持ってきたのが１９７８年７月６日だった。

私は舎房の東端に近い43房に入っていたが、中央にある看守の勤務席辺りから靴音が迫ってきて、「決定が来た！」と感じた。

ドアを開けた○さんの顔は暗かった。手には分厚い決定書があった。その暗い顔を見て「負けた！」とわかって受け取った決定書を開くと、７月３日付で「棄却」とあった。

この日は暗くて肌寒いような日だったとしか覚えていない。無期懲役は犯行を認めなければ仮釈放もないと聞いていた。「これで俺の人生は終わった」と思った。31歳だった。

まさか嘘の自白で無期懲役の有罪が確定するとは思わなかった。最高裁は「自白は任意になされ信用できる」と判断した。また、検察が主張する「目撃情報」を「信用できる」、逆に我々が主張するアリバイは「成立しない」という判断を下した。事件と我々を結びつける物的証拠は一つもないにもかかわらず、だ。

もう社会に戻れることはない。目の前が真っ暗になった。

そして長い刑務所生活が始まった。

1983年
12月23日

36歳

再審請求書を提出した父が一度で認めて欲しいといった

１９７８年８月の暑い盛りに千葉刑務所に送られた。

私は頭の中のネジが何本か足りないかもしれない。最高裁判所による上告棄却、無期懲役の決定によって人生が終わったと思うほどのショックを受けたが、何日かすると、前向きな気持ちになった。支援してくださる人たちから「頑張るように」と激励されたことも大きかったと思う。今後も再審請求をして闘っていくと心を決めていた。

当時の日記には、「これからは、ただ今なすべきことを全力でなそうの精神でやる」と書いてある。「今日という日は社会にいても刑務所にいても、どこで過ごしても一日しかない。ならば刑務所へ行っても、一日一日を人生の一日限りの今日として大事に生きよう」と決めたのだ。

無期懲役という刑が決められてしまった以上、泣いても叫んでも自由にはなれない。そんな姿を見せれば、私を犯人に仕立てた警察や検察、裁判官が喜ぶような気がした。だから、人生に一日しかない今日という日を明るく楽しく過ごしてやろうと考えた。

拘置所で一緒に過ごした刑務所経験者から刑務所の話は聞いていた。強制的に働かされるところらしいので、一度も真面目に働いたことがなかった私は「刑務所では真面目に働いてみよう」と思った。今の自分にある「人生は一度限り今日という日も一日限り」という人生観を以《もっ》て千葉刑務所生活が始まることになる。

被告と受刑者では、全く待遇が違う。まず、今まで自分で買えた食物が買えなくなった。私物として許された物も取り上げられて「アオテン」と呼ばれたお仕着せの衣類になった。

また、刑務所には沢山の「遵守事項」があった。歌うな、騒ぐな、話すな、走るな、洗濯・洗髪の禁止、動作の決まりに整理整頓、座る位置から寝る位置まで、細かく書くときりがないほどに決められていた。

刑務所は不自由が原則だった。自由が許されたのは考えることだけだった。その制限と不自由さゆえに、それを守ろうとする職員と、潜脱しようとする受刑者の行動に表れる人間の醜い部分や本性があからさまに見える世界だった。

刑務官と呼ばれる職員だが、受刑者は「先生と呼べ」と指示される。「先生と呼ばれるほどのバカでなし」という古くからの川柳があるが、心から「先生」と呼びたい職員もいれば川柳がぴったりの職員もいた。

刑務所

漫才の大助・花子がおかしくて
テレビを見ながら笑っていたらば
いきなりドアが叩かれて
〝笑い声が大きい〟

叱られてしまった
おかしい時に笑って注意される
これが刑務所

机の上に載せたテレビを見ながら
広辞苑をひざに乗せて書きものをしていたらば
〝おい、それはダメだ〟と言う
仕方なく畳の上で書き始めると
〝まてまて、そんな書き方は許可が出てない〟と言う
机の上も畳の上もダメと来ては
どうすれば良いのかと問えば
上司に電話をして確認してきて
〝許可する〟
これも刑務所

1992年1月

オレは
辞典は引くもので敷くものではないかと
心の中で思っておかしくなり
思わず笑ってしまった
でも
あわてて笑い声を押えた
ここは刑務所
ここは刑務所

人間が生活している空間だが、刑務所は無味乾燥の世界だ。舎房と呼ばれる寝る部屋にも仕事をする工場にも彩りはない。そして、ほとんどの人が殺人事件での更生という荷を背負って毎日を過ごしている。監視される空間だから死角もない。人間性を取り戻すためとして規則と制限に縛られているのだ。

窓を拭く

冬の朝
やっと明け始めた時刻に
起床の号令で始まる
懲役の日常は
総てに指示や定めがある

その中で

私が自分の意志でする
最初の作業は
窓を拭くことだ

壁の半分もある
大きなサッシの窓には
冬の寒さと立ち向かって
一夜を過ごした命の証の
水滴が貼りついていて
外は見えない

それは
隠しては流す
私の涙のように

1994年5月

滴り流れていることもあって
私は
たった一つの命の温もりである
自分自身に触れるような思いで
ていねいに拭きとって行く

窓の外には
視界を閉ざして
半透明の目隠しがあって
わずかな空間に
空と地面を見るのみで
外の景色を愉しむことはできない

でも

せめて明るい光を
見られるかぎりのものを
何の曇りもなく
自分の視界に入れたくて
冬の朝
私は
まず窓を拭く

人間味のない刑務所だが正月は来る。正月三が日は普段は出ない食べ物も出される。社会ではおせちと呼ばれる物も、一応は出る。順番に朝から始まる風呂以外は、部屋でテレビを見るだけが正月だ。

僕の正月

僕の正月はもっと餅を食べたいなと思う時間です
僕の正月は好きなだけ寝ていたいと思う時間です
僕の正月は隣にいてくれる人が欲しいなと思う時間です
僕の正月は一杯機嫌で歌でも唄いたいなと思う時間です
僕の正月は朝風呂に入ってみたいなと思う時間です
僕の正月は自分の家庭は作れるかなと思う時間です
僕の正月は古里へ帰りたいなと思う時間です
僕の正月は何時も何時も考えるだけの時間です
そして
僕の正月は今年こそ無実が証されるようにと祈る時間です

1986年1月

1987年
3月31日 | 40歳

年度末の整理だった棄却決定があった

最高裁の決定を覆す唯一の方法は、裁判のやり直しを求める「再審請求」裁判を起こすことである。再審請求を受けた水戸地裁土浦支部は、千葉刑務所にいる私たちを裁判に立ち合わせると決めた。これは異例の処置だった。それだけ積極的な裁判官の姿勢を感じて、今度こそ真実が認められるかもしれないと希望を抱いた。

被害者の死亡時刻についての新たな鑑定を新証拠として提出し、検察が主張する「目撃情報」の信ぴょう性のなさを立証しようとした。もしかしたらという夢はつかの間だった。再審請求をして3年余、年度末の3月31日、請求の棄却決定の報がもたらされた。

1988年
2月22日

41歳

冬の続きのような言葉がまたも棄却を言った

翌1988年2月、東京高裁への即時抗告も棄却された頃には、刑務所生活は10年になろうとしていた。

人間は、どのような環境にも慣れる。厳しい規則や監視、日常も習い性となり、私は詩を書き、作詞作曲することを自分の生きた証しにしようと思い始めていた。職員や仲間との軋轢《あつれき》は、普通の社会と同じように生じる。しかし、刑務所で起きることは何事も表沙汰にはならない。闇に消えていく。

裁判所に裏切られ続けて、自分はただ正直に時間を重ねるしかないという思いが深まった。自分の真実に変わりはないのだから。

僕は眠りを知らない

僕は
眠りを知らない
語りたい言葉を奪われた
あの日から
走りたい足を奪われた
あの日から
唄いたい唇を閉ざされた
あの日から
働きたい手を押さえられた
あの日から

1986年4月

五体の自由を
人としての自由を
すべて断ち切られた
あの日から
僕は眠りを知らない

何物にも拘束されない心は
ひたすらに自由を求め
叫び、怒り、嘆き、哀しむ心は
無実の罪と向かい合い
月日を重ねて
もう十九年

僕は

心を休める眠りを
知らない

どんなに眠っても
目醒めに味わう
重い背中の痛みと疲れは
無実の罪を負う子を持つ
父の苦しみ
どんなに眠っても
目醒めに味わう
鈍い頭の痛みと疲れは
えん罪に泣く子を持つ
母の悲しみ

ゆっくり眠りたい
ゆっくり休みたい
何時も何時も
同じことを思いながら
起床の号令に
僕は自分の意思で起きて
明日を信じて来た
そして十九年

僕は
僕はまだ
眠りを知らない
心を休める眠りを知らない

罪を犯した人の背負う苦悩がある。親しくなった仲間のなかには、「殺した女が幽霊になって出てくると思うと、逮捕されるまでは怖くて仕方なかった。ドアに目張りをして寝ていた」と語るものもいた。何かがあるのだろう、夜中に大声で叫んだり、声を出したりするものもいた。

そのなか、私は決めたことがあった。

過去を反省して絶対に嘘を口にしないこと。

真実だけを語り続けて時を重ねようと思った。

カラスの鳴く朝に

カラスが鳴いた
遠くのカラスが鳴き返した

四度鳴くと
四度鳴き返す
何かを語るかのように
ゆっくり鳴きあっている

眠い目を開けて窓を見れば
やっと明るくなり始めたところだ
どうやらカラスは
朝が来たのを告げあっているようだ

カラスにとっては
何も見えない夜は
大変な苦痛なのかも知れない
夜の闇は恐怖なのかも知れない

1990年6月

それで
やっと薄明かりの空なのに
闇から開放される喜びを
語りあっているのだろう

どこかで壁を叩く音がする
やはり、カラスに起こされたのか
どこかに壁を叩く人がいる
でも
どこにも応える音はない
カラスの鳴く朝に
沈黙する獄舎を貫いて
小さな音は続いている
小さな音は続いている

1992年
2月11日
45歳

父が逝った
オヤジのバカヤローとつぶやき続けた

冤罪に遭って一番痛手を受けたのは母が死んだときだった。帰るべき故郷を失ったように思えたあの日のことは、今でも忘れられない。母を失って、せめて父には孝行らしきことをしたかったのに、その願いも断たれた。

父の死は突然の電報で知った。母のときのような心づもりができていなかった。それでも、その日が近く来るのではないかという予感はしていた。父は酒が好きだった。子供の頃は酔って手踊りをする父を見て「ああ恥ずかしい。酔っぱらいは嫌いだ」と思ったものだ。母が亡くなって一人暮らしを続ける父は、自転車に乗って転ぶこともしばしばあったようだ。そのときも足を骨折して入院していると聞かされていた。驚きと悲しみのなかに諦めがあった。

もしかしたら、もう少しで社会に戻れるかもしれないと思えた矢先のこと。刑務所生活14年目だった。

悔しかった。

両親には苦労をかけっぱなしだった。小さな田舎町で、殺人犯の親とされてどれだけ悔しかったろう。どれだけ肩身が狭かったろう。どれだけ辛かったろう。

親孝行らしきことを何もできないままに死なれてしまった。

死すらも看取れないままに逝かれた悔しさが晴れることはない。

一度だけでも

父が逝った
手を握る人もいない
見守る人もいない
見知らぬ土地の病院で
オレの帰りを待ち続けて

一度だけでも良かった
自由になった手で
父の手を握って
父ちゃんごめんな

1992年5月

あやまりたかった
一緒に酒を飲んで
同じ部屋に寝て
苦しかった思いのすべてを
辛かった思いのすべてを
みんなみんな聞いて
父ちゃんごめんな
あやまりたかった

一度だけでも良かった
動かなくなった足の代わりをして
背負って歩きたかった
一緒に風呂へ入って
背中を流したかった

同じ家に住んで
わがままを笑って聞いてやって
好きなことを思うままにさせたかった

一度だけでもいい
こんなオレを子供に持って
こんなオレを息子に持って
良かったと思ってくれたことがあったろうか
親の気持ちを考えようともせず
勝手気ままに過ごして
盗みなどをして
おまけに無実の罪を背負って
親の暮らしも
家族の暮らしも

めちゃくちゃにしたオレを
こんなオレを息子に持って

もう一度
一度だけでも良かった
一緒に暮らして
この二十五年間に
どんなにオレが変わったか
知ってもらいたかった
安心してもらいたかった
そうすれば
お前が息子で良かったと
一度ぐらいは
せめて一度ぐらいは

思ってもらえたかも知れないのに

1992年
9月9日

45歳

二十五年間の無実の叫びが
たった一七六文字で退けられた

刑務所生活に慣らされたものの、それでも自由のない暮らしは辛い。理不尽な強制から味わう不自由さに、「自由になりたい！ 自由になりたい！」と、思考が囚《とら》われてしまうことがいくたびともなくあった。それは今にも頭が爆発してしまうような感覚だった。

あれは千葉刑務所の東側舎房でのこと。房の窓から飛行機の姿が見えた。南から北東方向へ飛んでいく。次の瞬間、房の窓枠で遮られた。視界から消えた先を飛ぶ飛行機を見たいと思った。次に、窓辺に来た鳩が隣房の方へと消えていった。鳩の行った先を見たいと思った。思った瞬間、見られないことが、息ができないくらいの苦痛に変わった。外に出たい思いが溢《あふ》れた。閉じ込められていることが耐え難くなった。

「出たい！ 手が折れてもいい、鉄格子を殴って破って自由になりたい！」

溢れ出た思いで叫びそうになった。

目を閉じた。

深呼吸をした。

「俺の上には空がある。広い空が広がる。自由な空がある」

そう考えて深呼吸を続けた。

心が静まるのを待った。

１９９２年９月９日。第一次再審請求を最高裁が退けた。

「裁判のやり直しを求めるなら、無実を証明する明白な証拠を出さなければならない」というのが、最高裁の裁判官が出した結論だった。

記念日

一九六七年一〇月一〇日
夜風に金木犀は香って
初めての手錠は冷たかった
一九六七年一〇月一五日
人をだました心が自分をも裏切って
嘘の自白をした
一九七〇年一〇月六日
嘘が真実に変わった

1992年9月

人殺しの犯人だと裁判官が言った

一九七三年一二月二〇日
寒い季節よりも冷たい言葉で
裁判官が誤りを重ねた

一九七七年三月二〇日
母が逝った
それでも春風が吹いた

一九七八年七月三日
看守の鋭い足音が
最高裁判所の決定を運んで来た
刑務所生活が始まった

一九八三年一二月二三日
再審請求書を提出した父が
一度で認めて欲しいといった

一九八七年三月三一日
年度末の整理だった
棄却決定があった

一九八八年二月二二日
冬の続きのような言葉が
またも棄却を言った

一九九二年二月一一日

父が逝った
オヤジのバカヤローとつぶやき続けた

一九九二年九月九日
二十五年間の無実の叫びが
たった一七六文字で退けられた

二〇歳の秋に始まった記念日
オレの記念日は
まだ続く

刑務所に入って辛かったことは何ですか、とよく訊かれた。

コンクリート造りの刑務所は真冬になると寒さが見えることがある。雪など降った後に部屋にいると、自分の体温と窓から漂ってくる冷気が、身体の傍《そば》で押し合いをしているのを感じるのだ。そこにある冷気が見えることがある。もちろん、手袋などはない。切れるような痛さを感じても温める湯などもない。暖房設備もない。気温が4度以下でないとストーブを点けない工場で、かじかんだ手を息で温めながら靴を縫うのは大変だった。

夏の暑さも厳しかった。一度温まったコンクリートは夜になっても冷えない。昼の太陽に温められた熱気のこもる部屋で眠っていると汗が流れ落ちるのを感じた。

刑務所は寒さも暑さも敵だ。でも、本当に大変なのは人間関係だ。

自制心を失って犯罪に走った人たちの集まる刑務所とはいえ、そこも一つの社会だ。千葉刑務所は殺人犯がほとんどだったが、大部分は誤って罪を犯した人たちだった。

それぞれ事情を抱えながら、再び社会に帰るためにともに時間を過ごす。

本性を隠し通す仲間。

素直に正体を表す仲間。

狭い空間ということもあって、揉《も》め事も尽きなかった。
刑務所では喧嘩両成敗だ。よほどでないと殴られても懲罰。制裁を受ける。片方だけを処罰すると遺恨を生んで、更に深刻な揉め事に発展するからだ。

刑務所暮らしが長くなると、相談を受けることも多くなったが、それがまた厄介だった。揉め事の相手と話し、宥《なだ》め、手立てを尽くすのだが、下手に仲裁して喧嘩沙汰になれば仲裁者も無事では済まない。そこに意地の悪い職員が加わると、ますます事が面倒になった。

職員もいろいろだった。親切で優しい職員もいれば、強権的な職員もいる。下手に職員に反論すると、「担当抗弁」という懲罰もあった。指示と命令に縛られて、職員の理不尽さに立ち向かった経験を振り返ると、社会に帰ってからの困難などたいした問題だとは感じない。

あれは刑務所での野球の時間だった。親しくなった人の肩に手を置いた。すると笑顔で振り返った仲間が言った。「桜井さん、肩に手をやらないで、俺は肩に触られると殺したくなるんだよ」。衝撃だった。

艱難汝《かんなんなんじ》を玉《たま》にす、という格言があるが、間違いなく29年の獄中経験があるから今の私がある。

猫

猫が庭を歩いている
どこから入って来たのか
どこに隠れているのか
今日も刑務所の庭を
回りの気配を伺いながら
しのび足で歩いている
ゴミ穴に来る雀や椋鳥
鳩や鳥を狙っているのか
ゴミ穴の傍で身を伏せた

1989年5月

何も刑務所をねぐらにすることはあるまいにと
人間のオレは思うが
猫には住み易いのか
丸々とした身体は
何かあれば
一気に爆発する野性の鋭さを全身に表して
ゴミ穴の傍に伏せて動かない

刑務所の人間は
自分の素顔を隠している
自分の心を隠している
刑務所の人間は
ネコをかぶって人間の顔をしているけど
猫は

素直に猫で
本性のままに生きている

千葉刑務所では靴を作る工場で働いた。誰にも負けない作業量をこなし、選ばれて作った靴が、毎年科学技術館で開かれる全国矯正展で法務大臣賞をもらったこともある。

工場での作業以外に自己労作と呼ばれる内職もあった。部屋に帰った後、アルバイトのように作業する。

社会に帰る日のために、少しでも金を貯めたかったし、何よりも父に仕送りをしたいと思った。

最初はビーズを編んで小銭入れを作った。舎房に帰って夕飯を食べ終えた後、自己労係が職員と一緒に作業道具を部屋に入れて歩く。6時から8時までの2時間が作業時間だった。小銭入れは2時間で1個半から2個できた。1個150円くらいだったろうか。週に6日、工場での作業と同じように真面目にやった。ひと月で5000円くらいになった。

1年くらいして今度は靴を縫う作業になった。靴は1足250円と値段が高い。一日で2足強くらいやって、毎月の賃金も1万2000円を超えるようになった。

自己労は10年くらい続けた。父にも仕送りを繰り返し、社会に帰るときには100万円を超える金を持ち帰って生活に役立てることができた。

僕の仕事

僕の仕事は靴を作ることです
別に好きでやっているのではなくて
これで生活して行く考えもないのですが
何時の日か、自分が本当になすべき仕事をする日のために

今、僕は靴を作っています
誰にも負けないように靴を作っています

僕の仕事は運動をすることです
と言っても、好きなことを、好きな時に
好きなだけやれる自由はないのですが
何時の日か、その自由を取り戻した日に
元気に駆け回り、動き回れるように
今、僕は運動をします
誰にも負けないように運動をします

僕の仕事は真実を語ることです
これだけは好きなようにできるのです
好きに語れる言葉だけに

1986年9月

常に心を見つめながら
もう二度と、自分の言葉で自分を汚さないように
今、僕は何事にも真実を語ります
誰にも負けないように真実を語ります

考えてみれば、今の僕には
眠ることも、飯を食べることも
風呂に入ることも、自分の生命を守る
一日の行動のすべてが仕事です

話すことも、思うことも
書くことも、自分の心を守る
一日の行動のすべてが仕事です
だから

僕は誰にも負けないように一日を過ごします
それが僕の仕事です
それが、今の僕の仕事です

1996年
11月14日

49歳

仮釈放・29年ぶりの社会

１９７６年に発足した支援組織「桜井君・杉山君を守る会」は、長い年月を経て「桜井さん・杉山さんを守る会」と名称が変わった。毎月２０００枚のニュース紙を、全国の支援者に届けるほどになって、最終的には３８０号にもなった。支援コンサートや絵画展、地元を訪ねての現地調査や集会など、活発に活動を重ねて無実の私たちを支え、励ましてくれた。私は、その温かい支援の力に支えられて、その日もいつものように工場へ出る準備をしていると、迎えに来た担当職員が「桜井、上がりだよ。頑張ってな」と扉を開けて言った。

「上がり」

刑務所では社会へ帰ることをいう。いよいよシャバだ！　と思うと、不安と嬉しさが混じる変な気持ちだった。

それから１週間、街へ出て社会復帰の試運転のようなことをした。公衆電話から電話をかけたり、買い物や駅の自動改札を経験したり。私はテレビを見るときに社会を注視していたから戸惑いはなかった。

保護観察所の部屋で、監視されずに1人残された。窓辺に寄って千葉港のうねりを見ていると、突然、「俺は社会に帰る。自由になる」という思いがこみ上げてきた。身体の奥底から湧き上がる喜びを感じた。涙が溢れた。

11月14日、千葉刑務所の門を自分の足で歩いて出た。29年ぶりの社会だった。

プレゼント

二十九年一ケ月余りの獄中生活を終えて
社会へ帰った私が戴いた

最初のプレゼントは
刑務所の門の外に出迎えてくれた
沢山の人の笑顔と拍手
一人ひとりの人に見守られて
長い年月の念願の一つであった
自由の中へ歩き始めた

自由に歩き始めた私が
二番目に戴いたプレゼントは
財布と手帳
これからの日々は
自分のできる範囲で
自分の意志で決めて
責任を持って過ごせという

1996年11月

人の思いと願いに見守られて
私は
新しい人生へと歩き始めた

新しい歩みを始めた私が
三番目に戴いたプレゼントは
時計だった
すべての時間を
自分で管理して
自分の力で生きて行けという
人の祈りを感じながら
私は
明日へ向かって歩き始めた

一九九六年十一月十四日
長い長い獄中生活を終えて
無罪という
自分に当たり前にあるべきものを
大きなプレゼントとして得られる日に向かって
私は歩き始めた

2001年
12月6日

54歳

第二次再審請求申し立て

社会に帰るとき、自由になる喜びと同時に、同じくらい不安も感じていた。20歳までの私は自分の力で生活したことがなかった。自分で稼いで、その稼ぎで生きたことがない。この29年間で変われたと感じる自分に自信はあったものの、果たして食事を含めた暮らしを維持できるか。その不安も含めて、自分に言い聞かせたことがある。

無実の私を信じてくれ、何も見返りを求めずに支援してくれたたくさんの人々の誠を裏切らないで生きていく。

嘘のない、誠実な生き方を貫いて、必ず社会の人々に「桜井は無実だ」と思ってもらえるように生きる。

それだけを考えた。そして刑務所で過ごした歳月と同じように毎日を全力で生きて10年経ったら家を建てようと決めて社会に帰った。

地元の利根町で就いた工務店では率先して重労働を引き受けた。刑務所では運動時間が限られていたが、社会では重いものを持てば身体を鍛えられるし、仲間も喜んでくれる。動けば動くほど、汗を流す自分も気持ちが良い。健康にいい上にお金までもらえるのだから、こんなにいいことはない。

自由な空の下で動き回れる道路改修工事、公園整備工事、井戸掘り、水道工事など、すべてが楽しく、29年の不自由を取り戻す気分で働いた。もちろん、会社の同僚には刑務所にいたこと、冤罪であること、再審をすること、そのために欠勤することなどを、隠さず正直に話した。

54歳になった2001年12月6日、待ちに待った第二次再審請求を水戸地裁土浦支部に申し立てた。

このときの記者会見の写真を見ると、表情が硬い。

これが最後の闘いになる、後戻りはできないという覚悟が表れた表情をしている。時間的に見てこの再審請求が認められなければ自分の無実を晴らす機会はなくなるということがわかっていた。

いま　あなたに

ありがとうと書いて、私の心が届くでしょうか
鉄の扉、鉄格子の窓
独りきりの毎日が
決して独りではないと知る喜びを
隣に貴方がいるのを感じる喜びを
ありがとうと書いて届けられるでしょうか

十七年前、二十歳の私は
すさんだ心を抱いていました
他人のモノに手を出し

1984年9月

他人の心をもて遊び、傷つけ
好き勝手に日を過ごしていました
だから、楽しかったはずなのに
心の中は
空しくて、悲しくて、何もなかった
あの日々を思うたびに
私は、今の喜びを書かずにはおれないのです

ありがとうと書いて、私の心が届くでしょうか
何重もの鉄の扉を通り抜け
高い塀の奥深くに入れられた日にも
貴方は隣にいてくれました
私服を脱がされ
囚人用の服を着せられた時にも

貴女は隣にいてくれました
行く末の見えない不安の中にいる私を
貴方のくださった言葉が
貴女のくださった笑顔が
しっかりと支えてくれました
独りでいて独りでない
獄中の力強い思いを
ありがとうと書いて届けられるでしょうか

十七年前、二十歳の私は
弱い心を持っていました
正しいことを行う大切さも忘れ
無実の罪の責めを受け
嘘の自白をしてしまいました

あの時の心の中は
苦しくて、辛くて、ただそれだけでした
あの日々を思うたびに
私は、今の力強さを書かずにはおれないのです

ありがとうと書いて、私の心が届くでしょうか
あの二審判決の日
激しい怒りに血の鼓動が打ちつける耳に
貴方は
がんばれ！という声をくれました
あの上告棄却の日
まるで時間を失ったように
ゆらめき続けた心に
貴女の

がんばれ！という声が聞こえました
母が死んだと知った日
体の中を風が吹き抜け
生きる意味を失ったような思いの心にも
あなたの
まけるな！と言う声が
確かに聞こえました

無実の罪を背負わされてからの
人間としての怒りのたびに
人間としての嘆きのたびに
人間としての悲しみの
涙のたびに
隣に支えてくれる人がいる嬉しさを

隣に励ましてくれる人がいる心強さを
隣にいて
共に苦しみを背負ってくれる人がいる幸せを
私は書かずにはおれないのです

ありがとうと書いて、私の心が届くでしょうか
この世にあって
こんなにも小さな存在の私なのに
貴方は何よりも大切なもののように
温かく見守ってくれました
貴方が正しく生きることの
素晴らしさを教えてくれました
この世にあって
こんなにも汚れた存在の私なのに

貴方は、何よりも清いもののように
優しく見守ってくれました
貴女が嘘のない人生の
素晴らしさを教えてくれました
貴方が変えてくださった
私の心を
貴女が変えてくださった
私の生き方を
ありがとうと書いて届けられるでしょうか

2005年
9月21日

59歳

地裁による再審開始決定

私の口癖は勝つ、必ず勝つ！　だった。しかし、多くの冤罪事件や再審事件で苦渋を味わっている支援者たちの布川事件再審請求に対する見立ては厳しかった。私はそうした人たちに、

「無実なのだから勝てないはずはない、勝てる、必ず勝つ」と語り続けた。

その言葉が現実になったのが2005年9月21日のことだった。

「再審開始」

裁判所の庭では全国から集まってくれた130名の支援者が喜びを隠さなかった。笑顔、笑顔、どこもかしこも笑顔だった。

それから数日後、仕事で水戸から利根町の実家に帰る道中で思いが溢れ出た。

この喜びを両親に知らせたかった、そう思うと悲しみが爆発した。次から次と涙が出て止まらなかった。家に入って声を出して泣いた。

苦しみに耐えるのは慣れている。息をするのも苦しいような拘束の痛みを感じても、自分の上に空が広がり、その空の下、自由な自分を想像して苦痛を紛らわした刑務所生活を思えば、どんな苦しみにも耐えられる。

でも、喜びから生まれる苦痛は辛かった。

やっと実現した再審。

無実を認めてもらえる展望を得た喜びは、誰よりも両親に知ってほしかった。

世間の非難の目を浴びて苦しんだであろう両親に、この喜びを味わってほしかった。

両親と暮らした家に戻って私は泣き続けた。

泣いても泣いても尽きない、喜びに悲しみや怒りの混じる涙だった。

再審請求では事件現場に残された指紋に関する新証拠、殺害自白に関する新証拠、目撃証言に関する新証拠などを提示し、検察が主張する自白や目撃証言は信用性に欠けるどころか根拠に欠けるものであることを立証した。

検察は再審請求時に私の自白テープを証拠品として出してきた。一見、「いかにも犯人が犯行を自白している」録音のように聞こえたが、実はこのテープこそ、警察が裁判で「録音していない」と偽証し、存在を隠してきたものだった。

このテープをよく聞くと、私が自白させられた内容と何かが異なっていると感じた。35ページで書いたように1967年10月17日夜に「首を絞めた」と私は〝自白〟を変更したのに、提出された「自白テープ」は17日午後（夕刻）の録音とある。さらに私は「首を絞めた」というところまで一気に話した記憶が残っているが、録音によれば、「訂正したいことはないか」と取り調べで訊かれ、「首を絞めました」と付け加えた形となっていた。のちに調べたところ、この録音テープは13カ所も改ざんされていたことがわかった。

そのほか、これまで検察が開示を拒んできた毛髪鑑定書がようやく証拠として提出された。現場に残された8本の毛髪・陰毛のうち、3本は被害者のものと一致し、残り5本は「桜井・杉山とは一致しない」ことが明らかにされていた。また、検察が主張する「目撃証言」に関する新たな供述調書も開示され、証人は、事件当日に私たちを現場で目撃したと明言していないことが明らかにされた。別の日に見たという目撃証言を警察が驚くべきことにねじ曲げ、事件当日に見たかのように、事件を仕立て上げていたのである。それどころか、唯一、事件当夜に被害者の玉村さんの自宅前にいた男2人連れを見たという証言者に至っては、「桜井さんや杉山さんとは違った特徴の人物であった」と当初はっきりと供述していたのである。警察と検察はこうした決定的に大事な証拠を隠して、私と杉山に罪を着させてきたのである。

２００９年12月、最高裁は再審開始を確定した。

2011年
5月24日 | 64歳

無罪判決

無罪判決日の朝は小雨だった。

正直なところ、判決内容には多少の不満が残った。それでも無罪は無罪である。裁判長の「無罪」の声を聞いて身体が軽くなった。

記者会見で質問されたうち覚えているのは次の二つだ。

「これから何をしたいですか」と「真犯人に対して思うことは、言いたいことはありますか」。

まずは「仮出所後に知り合い、闘いを支えてくれた連れ合いのために料理を覚えたい」と答えた。今では自分でも驚くほどに料理の腕が上がった。冷めても美味《うま》い焼きそば、ペペロンチーノ、カレーライス、ポテトサラダ、煮物などは仲間内でも好評である。

もう一つ、「サックスを吹きながら『酒と泪と男と女』を唄いたい」と語ったが、この夢はまだ実現できていない。

真犯人に対しての思いは、今でも変わらない。もし会ったとしても「大変だったね」と声をかけるだけだろう。

千葉刑務所では多くの殺人犯を見てきた。なかには平然としている人もいるが、その手で人を殺した罪の意識は重い。事実も消えない。夜中に突然叫び出す人もいた。真犯人も、千葉の仲間と同じように忘れ得ない事実の罪を背負って生きているかもしれない。

本当に人を殺した人の痛みと後悔を傍で見て知ってみると、清算し得ない思いを抱えながら生きている真犯人は気の毒とさえ思える。それだけだ。

他人の犯した強盗殺人で人生をねじ曲げられた私は、犯罪は、直接の被害者以外の人生をも曲げてしまうことを、身を以て知っている。この事件では、殺された玉村象天さんこそ、最大の被害者だ。自分が玉村さんの人生をねじ曲げていないことに救われる思いだし、そう思えば思うほど、自分の手で犯した盗みなどの犯罪を後悔している。

このように思考が整理できたのは、たくさんの支援者が私を支えてくれたこと、そして拘置所と刑務所で1人の命の大切さ、1人の人生の尊さを理解したことに拠《よ》るかもしれない。

母ちゃん

母ちゃん
あの日　また来るよと
残していった言葉は
昨日のことのように憶えているよ
僕が手錠をされてから
いろんなことがあったろうに
悲しみの晴れる日を
待ったろうに
うつむいた背中に
苦しみを背負ったままで

1984年9月

うつむいた背中に
悲しみをこらえたままで
待ちわびて　待ちわびて
逝ってしまった
母ちゃん　つぶやけば
夕日の中を歩く姿が見える
母ちゃん　母ちゃん
母ちゃん　母ちゃん
も一度　その手に触れたかったよ

母ちゃん
あれは　初めての面会だった
ボロボロと涙こぼすだけだった
泣き笑いしたね

きっと僕の幼い日を
想い出して見つめてた
汚れちまった僕のことを
責めもせずに

信じていると言ってた
微笑んだ瞳が言ってた
信じていると言ってた
うるんだ瞳が言ってた
それなのに待ちきれずに
逝ってしまった
母ちゃん　つぶやけば
風の中に優しい声が聞こえる
母ちゃん　母ちゃん

母ちゃん　母ちゃん
も一度　昌司と呼んでほしい

これは初めて自分で作詞と作曲をした作品である。CD「想いうた」に収めた。この一曲に母への想いのすべてを込めたせいか、母を書いた詩は他にほとんどない。

俺の上には空がある広い空が

仮釈放の翌日、私はお世話になった支援者の家で早起きをした。鉄格子のない窓は久方ぶりだった。意味もなく窓を開けては手を出して社会に戻った自由の実感を味わった。

刑務所生活で味わう苦痛は多い。最大の苦痛は、自分の意志では鍵を開けられないという、閉じ込められている感覚を認識することだった。そんなときは、自分の上に空が広がり、その下で自由な自分を想像して苦痛を紛らわしてきた。

実家はかなり老朽化していた。

父が死んでから誰も住む者がなかった。水道もトイレもなく、家の柱は下部が腐食していた。風呂も使えなかった。とても住める状態ではなく、床板を剝がし、仕切りの戸を入れて、1カ月ほどかけて自分で改修した。

家の鍵は、どうしたものか、父の遺品から見つけることができなかった。外出時は空けたままで、夜は内鍵をして寝た。外から鍵を掛けられていた刑務所と逆の生活だった。

木造の家は温かい。夜9時になると「眠らなくてもいいから布団に入って横になれ」と強制されない毎日が嬉しくて意味もなく夜更かしした。眠らなくてもいい自由は喜びだったが、夜中に起きていれば起きているほど孤独も感じた。この家で家族みんなで過ごした時間を思い、失った時間を感じると、1人でいることの寂しさは痛みになった。

あれから25年。私の上にある空は変わらずにある。

今なすべきことを全力でなせ

無期懲役刑が確定して「人生が終わった」と思えた31歳。

あの絶望から希望の月日が始まった。

一度限りの人生と今日。ならば明るく楽しく。みんなと楽しく、みんなで楽しく。

そう思った私が思ったのは「今なすべきことを全力でなせ」だ。

社会で満足に働いたことすらなかったので、何をするのも初体験だった。

作業時間、運動時間、舎房での余暇時間など、あらゆる場面で目の前のことに全力で取り組んだ。

どう足掻《あが》いても社会には帰れない。刑務所で時間が過ぎてゆくことだけは確かだから、せめてその時間に自分が生きている証しを刻む思いだった。

一日一日を、人生に一度限りの今日として一生懸命に過ごす思いは社会に帰っても変わらなかった。土木作業をして帰宅した後、毎日5キロほど走った。会社の同僚からは、「土方をやって帰って走るなんて、桜井はおかしくなったなんて思われるから止《や》めな」と冗談交じりに言われたこともある。

何を思われても構わないと思っていた。もともと無実なのに社会は私を犯人だと思っているのだ。もし神が存在して、私という男を「50点」と採点したならば、「桜井は100点の男」と言われても50点だ。0点と言われたところで、50点に変わりはない。人様の評価より、自分自身に誠実に生きればいいと思ってきた。

地元に戻ったばかりの頃に、親戚に連れられて一軒一軒挨拶に回ったことがあった。昔の遊び仲間が世帯主になっていたり、先輩や後輩が当主になって知った顔ばかりだったが、私の目を直視しない人もいた。肩の辺りに視線を置いて、「よかったな、昌司」と言ってくれるものの、長く刑務所にいたものへの恐れを感じた。仕方ないと思った。親しかった人の視線にある怯えを感じながら、私は自分の行動でわかってもらうしかないと考えた。

そんななか、身元引き受けをしてくれた親戚の娘たちの存在に本当に慰められた。当時小学生だった姉妹は、帰宅すると競い合うように我が家に来ては、学校でのことを話してくれる。走るときは、一緒に並んで付き合ってくれた。彼女たちは私の孤独を癒やしてくれる救いだった。

人生は一度限り今日も一日限り。今なすべきことを全力でなせという思いは今も生きている。

続ける行動は習いになる。怠け者で意志が弱く、何をしても継続できなかった私が「今なすべきことを全力でなせ」と考え行動したことによって、自分が変わった。私は確実に変わることができたと思う。

人生に失敗は付き物だ。冤罪で29年の獄中生活ほど、重い失敗はない。致命的ともいえるが、その失敗ですらも失敗には終わらなかった。そう思っている。

何事も諦めたときだけが絶望なのかもしれない。

得れば失い、失えば得る

再審請求裁判で無罪判決を得たことで29年間の不当な拘束期間を補償する金銭を得た。1億3000万円ほどだった。そのことが報道されると「お金を貸してください」と言ってくる人が増えた。

今までは「桜井さん頑張って」と、多くの方からカンパをいただいていた私が、今度は逆の立場になった。沢山の方からこれまでいただいてきた温情を思えば、「貸さない」とは言えない。あの人、この人、こちらの人と、数えたら4桁の金額になった。でも、たちまち携帯が繋がらなくなった人もいた。約束通りに返してくれた人は多くはない。

今までは「桜井さん！」と来てくださる方は無条件で信用できた。誰も疑うことなく、他人様を無条件に信じ、感謝の対象として生きられるのは清々しかった。それが失われた。得たから失った。

社会に帰ったとき、私は50目前だった。29年間の獄中生活で、人として何かを成し得る時間を失った。50にもなれば、もはや人生で一旗揚げようとか、いい思いをしようといった野心や欲望を求めるのは無理な話だ。

日々の暮らしのなか、人間として嘘のない生き方をしたい。そのことに全力を尽くすだけだった。飾る必要もなく、背伸びをする必要もなく、心安らかに生きられる毎日。そういう生き方をできるようになった自分が喜びだった。

人間として何かを成し得る時間を奪われた痛みが100とするなら、50歳になって社会に帰ったからこそ得た心安らかな生き方は20か30かもしれない。それでも心穏やかに生きられることこそ、人間本来のあるべき姿として大切な境地なのではないかと思っている。これで良かったのだ。

何を得ても、良いことばかりではない。何を失っても、悪いことばかりでもない。得ることにこだわらず、失うことを恐れず、今ある自分の毎日を尊いものとして生きられるか、それが大事なのだと思う。

読書が人生観を作った

29年間を拘置所と刑務所で過ごして、自分の何が変わったかといえば、本を読むようになったことだった。

20歳までの私は週刊誌しか読まなかった。読書の習慣がなかった。それが拘置所で時間を持て余すうちに「官本」を読むようになった。

土浦拘置所で初めて読んだ小説が、月刊誌に連載された川口松太郎の『しぐれ茶屋おりく』で、これが面白かった。文字から広がる世界が、色々な思いを呼び起こした。そこから小説を読み始め、親しくなった人が貸してくれた『橋のない川』で、完全に本の魅力に目覚めた。奈良の特殊部落に生まれて生きて悩み、苦闘して差別と闘う人たちの想いが、まるで冤罪と闘う自分のように感じられた。拘置所にいたときは、正月には『橋のない川』の全巻を読むのが恒例となった。

聖書や仏教書も、神、仏に縋《すが》りたい一心で読んだが、なかでも東京拘置所で出会った畑中武夫の宇宙の本によって次第に自分の世界観が形づくられた。太陽の百億年の歴史と地球上に過ぎていった40数億年の月日。そこに生を得た生物と現人類の歴史を見れば、残念ながら神や仏の存在を認めることはできない。

いや、私は宗教を否定はしない。神や仏の世界に想いを致して人間の性から生まれる諸々の悪を断ち、真面目に、正直に生きている人たちを知っているからだ。神を想い、仏を念じて自分の命を託して生きることは尊い。どうか、一度しかない命であり、世界に1人しかいない人間であること、その上にある宗教であり、仏の世界であってほしいと願うばかりだ。この世界に1人しか存在しない貴重な一人一人の命を、神や仏の世界は粗末に操り、あの世を救いとして殺戮《さつりく》さえも許してきたのが人類の歴史だ。

人間に能力差はあっても存在に差はない。宇宙の歴史を知って、人間社会が作り出す差別は過ちであることも知った。

山本周五郎、三浦綾子、吉村昭、伊藤桂一、司馬遼太郎、松本清張など、

千葉刑務所での18年も含めて、たくさんの小説も読んだ。人間社会の生み出す悲喜劇を読んで、何のために人間は生きるのか、存在するのかも考えた。

生まれるということは生きるということだ。死ぬために生きるのではない。生きるために生きて、死ぬ日が来たときに自分に与えられた命の時間を充分に楽しみ、生まれてよかった、生きてよかったと思えるように過ごすこと、それだけだと思っている。

人間が生きるために存在し、形成される社会であれば、そこに存在する組織のすべては人間の命のために、生きていくために役立つものであるべきだと思っている。

努力を続けられれば進歩がある

無期懲役が確定したとき、刑務所生活を覚悟するにあたって一度限りの人生で一度限りの今日ならば明るく楽しく過ごそうと決めた。それは同時に、「みんなで楽しく、みんなと楽しく、みんなを楽しく」ということでもあった。

というのも、人間は独りでは生きられない。他人と関わって生きるのが人間ならば、自分だけが楽しくても面白くない。どうすれば相手が楽しいと思うか、嬉しいと思うか、相手の気持ちを考えながら行動しようと考えたのだ。

もちろん、努力が苦手で、意志も弱い私のことだ。そう考えたからとて、簡単にできるものではない。気を使い過ぎて自分に疲れ、腹を立てることもあった。

それでも刑務所生活が10年を過ぎたとき、隣の舎房でテレビを楽しむ仲間の笑い声を耳にしたとき、みんなが楽しそうな様子が自分のことのように嬉しく感じた。テレビを見ている仲間を「羨ましい」ではなく、仲間の喜びを自分の喜びのように感じる自分に気がついた。それは経験したことがない感情だった。もしかすると、自分は、人間として少しマシになれたのでは、とそのとき思った。

千葉刑務所では将棋の強豪といわれた。初段程度だったろうから大した腕前ではない。それでも将棋の本を読んで勉強し、仲間と指していると、突然に何手も先が読めることがあった。勝てない仲間に勝てるようにもなった。

私は勉強をしたことがない。脳が汗をかくほどに勉強したら、果たして何を学べたろう。もはや取り戻せない過去について考えることがある。そして刑務所で人間として学べたことを思うと、これはできないとか、無理とか、自分で限界を決めるべきではないと、私の体験は教える。

人間には能力差がある。物事を数分で理解できるものもいれば1時間必要なものもいる。しかし、進歩するまでの努力を続けられたならば、誰もが進歩や前進の階段を上れるだろうと思っている。

2600通の手紙

刑務所を出るとき、私は高橋勝子さんに手紙を書いた。高橋さんは、私が一審で無期懲役を受けて最初に支援を求める手紙を書いたとき、いち早く返事をくれた人だった。「カッちん」と呼ばれ、私もそう呼んでいたから、カッちんと書こう。

カッちんからその後届いた手紙は千葉刑務所にいた18年間だけでも2600通に上った。

手紙は1週間だけ手元に置けた。

カッちんの手紙には、社会で私を見守ってくださる皆さんの温かい思いが綴《つづ》られていた。

繰り返し読み、味わうたびに、皆さんの誠に応えられる人間になりたいと強く感じた。

カッちゃんは刑務所にも毎月来ては励ましてくれた。

カッちゃんは姉であり、母であり、家族であった。

詩を書こうと思ったのは、カッちゃんを通して味わい知る皆さんの人間の愛に応えたかったから。

刑務所にいても幸せを感じさせてくれる皆さんの愛情が、私を変えてくれている。

その喜びを伝えたかったからだった。

あなたがくれたものは

十八年四ケ月余りの刑務所生活が
終わらんとする今
毎月一度の面会と
二、六〇〇通の便りにあった
あなたの真摯な思いがあればこそ
いまの私があり
私の心と価値観があると思います

あなたがくれたものは
人を信じる心

1996年11月

人を愛する心
人を裏切らない心
人の信頼に応える心
誠実に生きていく心
真心をこめて行動する心
正義を求めて惑わぬ心
真実を守って揺るがぬ心

あなたがくれたものは
二十九年に及んだ獄中生活で
無実の罪と闘えた力

あなたがくれたものは
社会へ帰った後で

私が闘い続ける力
生き続ける力

苦悩は大きければ大きいほど喜びも大きい

社会に帰ったら、「これをしたい」と考えていたことが幾つかあった。
東京ドームに野球を観に行く。
千駄ヶ谷の将棋会館に行く。
ちあきなおみの歌を聴きに行く。
四国巡礼をする。
色々とあったが、その一つが闇の中を歩くことだった。
拘置所にも刑務所にも、闇がない。
夜になっても、常に監視する常夜灯が点《つ》いている。
夜勤職員に監視されて、眠っているうちに布団を被《かぶ》ってしまったりすると、翌日は保安課に呼び出されて「布団被り」として減点処分にされることもあった。

半袖の白さ死角のない暮らし

こんな句を俳句クラブで作ったこともあったが、29年間、常夜灯に照らされていたから、社会に帰ったならば誰にも見られない闇の中を歩きたいと思った。

ようやく願っていた闇の中を歩いたのは新座市の夜だった。仮釈放後に保護司を訪問したときのこと。今から24年前の11月14日。

晩秋の肌寒さを味わいながら、夜空に煌《きら》めく星を見上げた。

自由になった喜びを闇の中に見つめていた。

長年の夢だった四国巡礼を始めたのは2011年だった。

1200キロとも1400キロともいわれる道筋は山あり谷ありだ。

遍路ころがしと呼ばれる難所もあるが、謂《いわ》れのない山でも谷でも歩き続ける足に痛みを覚えた。

毎日毎日、痛む足を引きずるように歩いて順番に寺を回るうちに、日ごとの達成観と満足感は刑務所で感じたことと似ていると思った。

一日一日、なすべきことをなして満足を重ね、時間を積み重ねて過ごした刑務所。

一歩一歩、歩みを重ね、距離を積み重ねて目的地を目指す巡礼。

足が痛むほどに達成感は増した。喜びを積み重ねるようだった。

巡礼道には歩き人を励ます札が、ところどころにある。頑張って、負けないで、などと書いてある言葉が疲れた心に響いた。痛む脚を癒やした。

山を越える大変さ、山を下る大変さ、それぞれある。登りは大変でも、山を越えたときの達成感がたまらない。痛む足には、かえって勢いがついてしまう下り道はより辛い。

さらに辛いのは平坦な道だった。左手に瀬戸内海を見ながら、松山から今治まで続く起伏のない道は面白みがなかった。淡々と歩くことが辛かった。人生を考えさせられた体験だった。

生きていれば辛さや苦しみがある。辛さや苦しさ、悩みや迷いを知らない人はいない。栄耀栄華を極めた人、名声を極めたような人でも、大なり小なりの苦悩を抱えている。誰もが同じように、生きるなかで苦悩している。だから人間だ。

でも、辛いことや苦しいことを乗り越えられれば、その苦悩が大きければ大きいほど、喜びも大きくなる。

乗り越えさえすれば苦悩も喜びを生み出す根源だとわかっていれば、何があっても泰然として生きられる。

私は自分の経験を通じて人間の苦悩となる艱難辛苦のすべてが生きる喜びになると知ったが、それは支援者からいただく真心によって教えていただいたことだ。

人間の愛情こそ、生きる力だし、艱難辛苦を喜びに変える力なのだ。

この世は、自分が生きているから成立している

50年前、取調官から「やってないなどと言うと死刑だぞ」と言われ、20歳で人生が終わるのかと恐怖を覚えた。死刑になると思わされ、人生とは何だろう、命とは何だろうと、私は考えた。

自分が死ねば、意識も消える。この世がなくなるということだ。

この世は、自分が生きているから成立する。この世に幾億の人間がいても、結局は一人一人の存在と意識が世界を支える根源にあるのだ。

誰もがかけがえのない大切な存在だと思えたことは、なぜ罪を犯してはいけないかをも理解させた。一人一人の人間は、この世に1人だけの存在として自分の意志で自由に生きる権利があるのに、犯罪行為はそれを妨げてしま

う。

他人の人生に対する悪しき干渉が犯罪。だから犯罪に手を染めてはいけないし、許されないのだ。

警察や検察という司法組織は、個人の生きる権利と命を守るために存在する。その司法が国民の人生に悪しき干渉をするのが冤罪だ。犯罪が許されないことならば、冤罪は、絶対に許されないはずだ。その意識が警察にも検察にも欠如しているように思えてならない。

杉山と私が無罪を勝ち取ったときに、水戸地検は定例記者会見で「桜井と杉山が犯人であることに変わりはない。自白という判断の難しい部分で裁判所の判断が違ったに過ぎない」と語った。

人間は過ちを犯す、人間の作る組織も同じだ。人間である限りは間違うのだ。

私や冤罪体験者は間違うことを責めるのではない。間違えたのに、それを認めようとしないことに対して怒りを覚えているのである。

警察も検察も国民が安心して暮らすために必要だし、人権と生活を守るために必要だからこそ存在する。無実の人間を犯人にして、その反省さえもないことを多くの国民が知ったならば、警察と検察は果たしてそのまま存在し得るだろうか。

自分の言葉を信じてもらえるから話ができる

なぜ嘘の自白をする羽目になったか。事件の夜は兄のアパートに泊まったと取調官に話したが、「お前の兄は来てないと言ってる」と言われたことから記憶が混乱していった。アリバイが思い出せないと、無実の証明ができないことから「何かを隠している、布川へ行ったはずだ、殺しているのではないか、杉山とお前が犯人だ、見た人がいる」と責められ始めたのである。

警察は犯人と疑い始めたら最後、話を聞く耳を持たない。何を話しても、「それは違う、嘘だ」と否定する。そして、私の場合は嘘発見器を使って「犯人と出た、逃れられない」などと嘘をつかれて追い詰められた。

人間は、自分の話を聞いてもらえると思うから話ができる。何を話しても否定され、責められたならば、人間は弱いもので心が折れてしまう。

何を聞いても、何を見ても、おかしいと疑って人を見るのが警察官という職業だと、今ならわかる。が、「幽霊の正体見たり枯れ尾花」という川柳もあるように、疑う心は幻を見る。社会正義を守りたくて警察官になった人が冤罪を作ろうと思っているはずはない。社会の多くの人も警察を信頼している。

あのとき私を取り調べた警察官Hは、「お前を社会に帰すのはな、狼を野に放つのと同じだよ。お前のような男を刑務所に入れてやるのが俺たちの仕事なんだ」と言った。

そのHが、取り調べ中に事件現場の証拠品を見せてきたことがあった。布団や毛布、財布などがあった。

Hは私に向かってこう言った。

「これはお前が壊した便所の窓の桟だな。どうやって壊したのか、ちょっと手に取って説明してみろ」

目の前に2本の板があった。

事件現場の便所の窓には5本の桟があり、うち2本が取り外されていた。何を思ったか、Hは、それを私に触らせようとしたのである。

私は犯人が触ったものになど触れたくはなかった。

即座に断った。

あのとき、言われるがまま不用意に桟を手にしたならば、どうなっていたか。この便所の桟の指紋鑑定は、その直後に行われるのだが、のちに再審請求二審の決定が出る頃、元鑑識課指紋係はこう明かした。捜査当時、「捜査幹部から桜井・杉山の指紋と合わせられないかと言われた」と。怖い話だ。

人を騙《だま》し、嘘を語った過去を持つ私は、疚《やま》しさの痛みを知っている。だから、もう、人を欺く行為はしないと決めている。基本的に人を信じることにしている。

一切疑いを持たずに信じるのは気楽だ。晴れ晴れしい。この晴れ晴れしさを思うと、人を疑うことが仕事の警察官は気の毒に思えて仕方がない。疑うことが常となれば、物の見方、人の見方は歪《ゆが》む。そうした職業病を背負わされるのが警察官だと思うと、せめて嘘を言いたくないと思っている警察官を守る法律、すなわち嘘の証言をしたら確実に処罰されるような法律を作ってほしいと思う。

幸せは実態ではない、感覚だ

刑務所にいても楽しかった、幸せだった、そう語る私の言葉は、時に反発を受ける。

「刑務所に行って楽しかったはずはないから、そんなことは言わない方がいい」

「それは楽しかったのではなくて、楽しいと思うようにしていただけじゃないのか」

そんな風に言われる。

確かにそうだ。無実の罪で人生を奪われる苦痛は、辛いとか苦しいでは表現できない。重い。

だからこそ一度限りの人生を奪われる苦痛を、苦痛としない生き方をした、したかった。何があっても明るく楽しく。苦痛のなかにある喜びを見出《みいだ》して過ごそうとした。

幸せは実態ではない、感覚だ。自分が楽しい、幸せと感じれば楽しいし、幸せだ。

冤罪29年の投獄。

そこだけを見れば幸せの言葉は出てこないが、たとえ刑務所でも楽しみはある。刑務所という場所なればこそ、手助けしてくださる人様からの善意がことさら嬉しかった。冤罪の苦難に届く救いの手の優しさは、何物にも代え難い喜びだった。

盗みをしていた私には身に余ることと感じた。だから、私は幸せだった。

孤独を知るとき

人は
苦しみによって
孤独を知るのだろうか
悲しみの深さが
孤独を教えるのだろうか

ボクは
喜びのとき
幸せな思いのとき
一人きりの喜びと幸せの

1994年7月

その空しさに
孤独を知った

不運は不幸ではない

運があるとか、ないとか、人は語る。不運と幸運。運とは何だろう。

私は、その人の思考と行動が招くものが運だと考えている。何を考え、何を好み、何を否として行動するかで道は違ってくる。

道が違えば出会う人が違う。

人との出会いこそが、人に起こる出来事を左右して運となるのだ。

警察・検察・裁判所の過ちによって私は冤罪にされたが、そもそも冤罪を招いたのは自分自身だと思っている。疑われるような生活をしていた自分が悪い。別件逮捕という違法な手段を使って嘘の自白に追い込んだ警察は許されないし、満足な証拠もないのに起訴をして、無実であることを示す証拠を隠した検察も許されない。警察と検察の嘘を見逃した裁判所も許されはしない。それでも、逮捕のきっかけを作ったのは自分である。私は誰も責めないし、誰も恨んでいない。

今という時間は過去の上に存在するのだから、何をしても取り戻せない過去は乗り越えるしかない。今を楽しく、今を喜びとして、今を満ち足りる時間として過ごすべきなのだ。

今が満ち足りていると思えるならば、それが幸せだ。どんなに辛いことや苦しいことがあったとしても、それを喜びに変えられるのが人生だと思っている。

私は自己中心的な自分勝手な男だった。わがままで気まま。気が向けば人に心を傾けるが、普段は自分のことしか考えなかった。そんな男だから友達と呼べる人もいなかった。そんな男だから他人のものに手を出す盗みをしたのだ。

それでも冤罪に遭い無実を明らかにしようと苦闘するなかで、人として成長した。支援してくれた人たちから、人を想う心を知り、自分の想いを詩に託す方法を知った。

詩は事件の真実を伝える力になったとも思う。

苦難があったからこそ、得たものがある。苦難から抜け出す努力をすると
き、その人に眠る才能や力が目覚めるのかもしれない。

また、冤罪に遭ったからこそ、法治社会の実態と裏側を知った。29年間の
長い獄中生活があればこそ、私は今の自分になることができた。それを思え
ば、警察官や検察官、裁判官たちには感謝してもよいくらいだ。

だから、苦難に遭うことは悪いことではない。乗り越えたときに喜びに変
わるのだから、苦難は喜びの種なのだ。

そう思えた私は、それ以来、「苦難よ来い！　苦難を喜びにしてやる！
まだ眠っている俺の力を目覚めさせる苦難よ来い！」と思っている。

不運を嘆かず、逆境に屈せず、現実に向き合って、明るく楽しく過ごす。

今、余命宣告を受けて、新たな苦難を得た感触がある。この苦難が、どの
ような喜びに変わるのか、変えられるのか、実は秘《ひそ》かに楽しみにしている。

国賠裁判について

２０１１年に再審請求裁判で無罪を勝ち取った後も、私の闘いは終わっていない。

たしかに無罪と認められた。しかし、捜査の違法性や公判活動における問題点はそのままである。それどころか、警察も検察も自分たちの過失を認めていない。今の状態では、再び冤罪事件が起きても不思議ではない。杉山や私のように、人生を奪われ、家族を失う人を今後絶対に出さないためにも、布川事件でなぜ冤罪が起きたか、問題を明確にする必要がある。警察、検察、裁判所が二度と冤罪を作らないためにも、間違いを認め、反省し、それを未来に活かしてほしい。そういう思いで２０１２年、国家賠償請求訴訟を起こした。

２０１９年５月。東京地裁は警察の違法な捜査と偽証、そして検察の違法な証拠隠しを認める判決を出した。しかし、それでも私にとって満足のいく内容ではなかった。どうして杉山と私は嘘の自白に追い込まれたか、どうして目撃者の証言がねじ曲げられたか、どうして裁判において検察官の虚偽答弁や証拠隠しが許されたか。警察と検察の不正をより正確に明らかにして、二度と繰り返さないよう確実な対策をとってもらいたい。

今、私は今年（２０２１年）６月に出る予定の東京高裁による判決を、期待を持って待っている。

警察や検察をいたずらに批判するつもりはない。社会の正義と安全を守り、人々が安心して暮らせるよう職務を遂行するまっとうな警察官、検察官はたくさんいる。警察も検察も、社会のために大切な存在だから、だからこそ、いつでも真実に立脚して、一点も曇りのない誠実な組織であってほしい。嘘を言わない警察官、検察官であってほしいと願うだけである。

警察と検察による偽証や証拠捏造《ねつぞう》を罰する法律ができることを願っている。また、検察にとって不利な証拠も裁判で開示されるよう、公判活動における法整備を進めてもらいたい。

真面目な警察官は嘘を言いたいだろうか。誠実な検察官は証拠を隠したいだろうか。まともな感覚の警察官と検察官が職務を全うできる仕組みを、私は切に望んでいる。

癌について

２０１９年６月11日の朝、私は癌を自覚した。起きて階下に降りたとき、尻がむずむずし、トイレに座ったら黒い血液が迸《ほとばし》るように出た。「来た！」と思った。

３年ほど定期健康診断をサボっていた。「大腸にポリープがあって癌になる恐れがある」と指摘されていたので癌だと悟った。

すぐに健康診断を申し込んだが予約は８月になった。

何があっても決まっている予定通りに行動する。そう決めていた。顔色もそう悪くはないし、楽観主義の私なので、癌かもしれないとわかっても深刻にはならなかった。が、死は考えた。72年の人生を考えた。

20歳で冤罪となって29年間の獄中生活、社会に戻り結婚。詩集と自作のCD作成、善意の弁護団と支援者に支えられての再審無罪、ドラマチックな数々の出来事を思うと、「俺の人生は楽しかった、満足だった、有り難かった」と思えた。このまま死んでも充分笑って死ねると思ったのだ。20歳のときに死刑に怯えた私ではなくなっていた。

9月の精密検査の結果、「ステージ4の直腸癌、転移の肝臓癌は手術不可能」と告げられた。

このときには私は食事療法と腸洗浄、陶板浴の温熱治療で治すと決めていた。親戚の医師からは「手術をして治してほしい」とも言われたが、手術も含めて治療行為をしないと応えた。

食事療法は3カ月から1年で効果が表れると聞いていた。

「あなたという人は、どんなときでも想定外の生き方を見せてくれる人なんですね」

連れ合いは少し呆《あき》れていた。

肉、魚、小麦粉、乳製品、砂糖、化学調味料などを断ち、玄米と野菜中心の食事療法に苦しさや辛さはなかった。要は体の中で腐敗する物や遺伝子と細胞に悪影響を与える物は食べないで、醗酵する食べ物を入れることで常に体の中を綺麗に保つ。正常な細胞の入れ替えを促して癌を消滅させるのが食事療法だ。納得できた。

我慢ではない。癌を消滅させたときに味わえる喜びに備えた準備期間だと思えた。

刑務所でも毎日の辛苦を我慢しているのではなくて、それが解決したときに味わえる喜びを貯める日々と考えていた。食事療法も同じだった。

2020年2月の血液検査で医師は余命1年と答えた。

今は医学が進歩して癌の治療法も増えたし、治癒する確率も上がっている。癌が死の病ではなくなりつつあるが、それでも強《したた》かな病であり、怖い病であることに変わりはない。私の直腸にある癌は消えたわけではない。ときどき出血が見られることもある。

しかし、苦しいとか、辛いとかの苦痛はないし、生活に支障もない。ステージ4の直腸癌、肝臓転移と診断されながらも、何も変わらないでライブで唄い、活動を続けてこられたのは、紛れもなく「食事療法、腸洗浄、温熱療法」の成果だ。もちろん、これはあくまで私の経験で、成果には個人差があることを強調しておきたい。

つい先日出た血液検査の結果を見ると、腫瘍マーカー数値はさらに上昇しているが、炎症反応数値は下降し正常だった。癌が悪化しているならば、炎症反応も上昇するはずなので、この数値は互いに矛盾する。医師もこの状況を説明できないようだった。西洋医学では治し得ないと診断されても、それで絶望することはないと、私の癌体験は教えている。

自分の限りある命を意識して生きていると、毎日の時間が大切に思える。長い冤罪体験で得た日々明るく楽しく過ごすという意識が、ますます高くなって余命を豊かに生きている実感がある。その立場にならないとわからないことがあるとしみじみ思う。

これは癌だけの話ではないが、どのような治療法を選ぶかにも、その人自身の生き方が関わってくる。だから疎《おろそ》かに一日を過ごすべきではないと思っている。絶望することもなくて、必ずある回復への手段と道を得るためにも、もし今闘病している人がいれば、今日という一日を、自分らしく全力で過ごしてほしいと願っている。

連れ合いの恵子さんについて

自由になって初めての正月は寂しかった。テレビを見る気にもならなくて目的もなく東京へ行った。上野、新宿、華やかな人波に紛れて、余計に孤独を募らせて帰ってきた。

刑務所を出るときに決めていたことがある。女性に惚《ほ》れないということだった。

泥棒をした過去、50歳という年齢、金も学歴もない、生きていく力も技能もない。背は小さい。何の取り得もない男だ。女性を好きになって痛い思いをするのは目に見えていた。だからどんなに魅力的な女性に会ってもニッコリと笑って挨拶して後ろを向いたら忘れると決めていた。

１９９８年１月、支援していただいている国民救援会茨城県本部の新年会に招かれた。受付に素敵な女性がいたという記憶が残ったが、詳細はすぐに忘れた。惚れない、忘れるというルールが効いていた。

数カ月後、水戸で開かれた「布川事件支援救援美術展」に出向くと、受付で見覚えのある女性がいた。あのときの女性だと思い出した。それが磯崎恵子さんだった。

それから3日間一緒だった。恵子さんの高校生の娘さんも会場に絵を観にきた。結婚しているんだな、と思った。

後日、いつものように支援のお礼の手紙を皆さんに送った。恵子さんにも送った。すぐに返事が来た。麦の穂が1本描かれた、凛とした絵手紙だった。それから何度か手紙のやり取りを続け、やがて電話で話すようになった。

下の娘さんが物心つく前に離婚して以来、2人の子を抱えて1人で生きていた。生活に困るような時期もあったという。そんな苦労を微塵《みじん》も感じさせない清らかな顔をしている恵子さんに惹《ひ》かれていった。最初のデートは長野県の無言館と別所温泉だった。刑務所にいるときからずっと行ってみたいと考えていた場所だった。

結婚できるとは思わなかった。再審請求をするために時間を取られることが多く、仕事もままならない。相変わらず金がなかった。それでも1999年7月、支援者の皆さんに祝福されながら結婚する運びとなった。

結婚して知る恵子さんは身も心も美しい人だった。気が小さくて、すぐに怒るくせに穏やかさが好きな私は、恵子さんのことをますます好きになった。あるとき、支援者の集まりの場で「けいこ！」と呼んだ。家に帰ると恵子さんから「2人でいるときはいいけど、皆さんの前ではけいこと呼ばないで」と言われた。

冤罪に遭った私は表も裏もなく、偽りのない自分を知ってほしいと思って生きている。それを否定されたような気になり、私は怒りを彼女にぶつけてしまった。

「2人でいるとき『けいこ』ならば、みんなの前でも『けいこ』だろ！　使い分けなどできるか！」

再審の闘いは先が見えない。将来も見通せない。不安と焦りもあった。嘘を言わないことが、生きる支えだった。

私に向かって「嘘」と言う人がいようものなら、誰であろうと猛然と怒った。

そんなときも、恵子さんは困ったように下を向くだけだった。

黙って私を見守ってくれた。

恵子さんがいてくれたから、今の私がある。誰に対しても同じ姿勢で接する恵子さん。私は賞賛と皮肉を込めて「百方美人」と呼ぶことがある。百方に心を配り、言葉と姿勢を変えない彼女を私のような男と結婚させて申し訳ないと思うときもある。一方で、私くらい恵子さんをワクワクドキドキハラハラとドラマチックに生きる楽しさを与えられた男もいないという自負もある。

私のような男と結婚してくれた感謝を込めて「恵子さん、恵子ちゃん」と呼ぶのがふさわしいと、今では思っている。

無罪判決が確定した後、恵子さんは威儀を正して「私は、あなたの言うことを守ってきました」と言う。「世間の人は俺を批判する、だからアンタは、何があっても俺の言うことを聞いてくれ、黙って見ていてくれ」と、結婚のときに私が求めたというのだ。覚えていない。だから何だということはなかったし、言いもしなかったが、結婚して21年、年を重ねても何も変わらない恵子さん、今後が怖いかな。

最後に同志杉山について触れておきたい

杉山は２０１５年10月27日に他界したそうだ。どのような経過で亡くなったのか、今でも詳細を聞いていない。裁判はともに闘ったものの、私と杉山の間にはいつも隙間風が吹いていた。杉山が直接私に「桜井の自白のせいで犯人にされた」と恨み節を言うことはなかった。それでも周囲にそう語っていることは回り回って聞こえてきた。

仮釈放された直後、ホテルの部屋で２人になったときに、「悪かった」と詫《わ》びたことがあった。杉山は機先を制するように「気にしてないからいいよ」と言った。そのサッパリした態度に感動した。手を握り合えたと思った。それでも、その後亀裂が埋まることはなかった。

死んだからとて嫌いな人は好きになれない。杉山に対する感情は変わらないが、後悔はしている。

同じ冤罪を背負った者同士、我々2人にしかわからないことがあった。

あの事件があったとされる夜、私と杉山は東京にいた。兄のアパートで一緒だった。仲の悪さゆえに、当初は互いに信頼できずにいたが、2人は互いの無実を知る唯一無二の存在だった。

もう少し心を開いて話をしておくべきだった。

生まれた子供を溺愛するいいオヤジだった。子供が大好きで欲しかった私は、その点で杉山に負けた。

語れなかった後悔を抱え、私が生きている限りは杉山の墓参りをする。

布川事件が再審で勝利できたのは素晴らしい弁護団の力によるものだ。人の心に届く溢れる思いで活動してくれた支援者と国民救援会。恵子さんや杉山の家族。その上で、無実を社会に訴える力のあった杉山と私だったから勝つことができた。そう思える。

杉山！　俺と杉山だからこそなし得た雪冤《せつえん》だ、杉山よ、同志杉山よ、どうか安らかに！

これからの夢

過ぎてしまった時間は早い。私も74歳になった。充分に老人と呼ばれるにふさわしい年齢になったが、実は年の取り方がわからなくて困っていた。29年間を塀の中で隔離されて過ごした私は、社会と隔絶した時間を自分の身に無関係のように感じていた。50歳近くになりながらも、まだ30歳くらいの感覚で社会に帰ってきた。

それから24年が過ぎて癌になり、食事療法などで15キロほど体重が減って身体も小さくなった。瘦せた身体には皺《しわ》が一杯だ。鏡に向かって見ると、やっと年齢にふさわしい身体になったと感じる。自分の感覚と現実が一致した思いだ。

若いときには60以上の年代になると夢も希望も枯れると思っていたが、どうやら違うようだ。74の老人になったが、まだ私には夢がある。

「まだ俺の中には力が眠っている、才能が眠っている」

本気でそう考えている。

先日、食事療法を紹介してくれた弁護士さんから、「桜井さんは全国を歩いて誘惑も多い生活だったろうに、よく食事療法を貫徹できたね。苦しくなかったのか」と聞かれた。

苦しいと思ったことはなかった。もし私が食事療法で癌を克服できれば、周囲の人に希望を与えることができる。そう考えれば、日々の制限は喜びでさえあった。完治という夢に向かう楽しみを重ねているように思えた。

それは、冤罪と闘ってきた思いと同じである。冤罪に関わった警察官や検察官であっても、冤罪を良しとするはずはない。歪んだ正義感や無謬《むびゅう》を存在価値とする警察・検察の論理に縛られ、組織の方針に縛られているだけなのだろう。ただ間違いを認められないに違いない。

間違いを正せない組織を変えたい、違法捜査や証拠隠しで冤罪に陥れられている仲間の力になりたい、そう願って行動してきたすべてが喜びである。苦しさや辛さを喜びに変える充実感があった。

人生は苦しさを味わうたびに何かが生まれる。自分の中に眠っている力が湧き上がる。

　刑務所生活で人間としての想いを知ったし、癌になって、本を出版する機会も得た。自分の想いを社会に発信する機会も増えた。実に不思議だ。有り難い限りだ。

　病は完治したわけではない。それでも、何があろうとも、今を満ち足りる思いで全力で生きたい。夢も希望も、才能でさえも、まだ華開く日があることと思っている。

　足元にある空を忘れないで、これからも私らしく一度限りの人生と今日を生きていくつもりだ。

空

空は
足もとから始まっている
そう思えたとき
いつも見上げていた
希望やしあわせが
自分の隣にあるのも気付いた
空は
空は足もとから広がる

1991年6月

布川事件とは

1967年8月、茨城県北相馬郡利根町布川で男性（当時62歳）が殺され現金が奪われた。

同年10月、茨城県警は利根町出身の桜井昌司さん（当時20歳）と杉山卓男さん（当時21歳、2015年死去）を別件容疑（窃盗と暴力行為）で逮捕。代用監獄で「お前は人殺しだ、認めなければ助からない」と責め立て自白を強要する。

2人と事件を結びつける物証がなく、矛盾だらけの供述内容にもかかわらず、同年12月、検察は2人を強盗殺人の罪で起訴。

70年10月、水戸地裁土浦支部は、「やっていない者が自白できるはずがない」と無期懲役の有罪判決を言い渡す。

高裁を経て78年7月、最高裁で上告が棄却され、2人は千葉刑務所で服役。物的証拠のない自白裁判に多くの批判が集まった。

2人は刑務所の中から引き続き無実を訴え、日本弁護士連合会人権擁護委員会に人権救済を申し立てる。

83年12月、被害者の死亡時刻についての新たな鑑定などを「新証拠」にして再審請求するが、87年3月、水戸地裁土浦支部は棄却。

東京高裁も88年2月この決定を支持、即時抗告を棄却。最高裁も92年特別抗告を棄却。

「裁判のやり直しを求めるなら、無実を証明する明白な証拠を出さなければならない」という審理の結果だった。

96年11月、29年間の獄中生活を経て2人は仮出所。

2001年12月、日本弁護士連合会と日本国民救援会の全面的支援の下に水戸地裁土浦支部に第二次再審請求を申し立て。

05年9月、水戸地裁土浦支部は2人の自白について「虚偽の自白を誘発しやすい状況の下でされた疑いがある」として再審開始を決定。

08年7月、東京高裁も再審開始を支持、09年12月、最高裁が検察の特別抗告を棄却し、再審開始が確定。

11年5月、事件発生から43年余を経て無罪判決。2人と犯行を結びつける客観的証拠は一切存在しないと結論づけた。検察側は控訴せず、翌月確定。

12年11月、桜井さんが国家賠償を求めて東京地裁に提訴。

19年5月、東京地裁が、警察の違法な捜査と偽証、検察の違法な証拠隠しを認め、国と県に約7600万円の賠償を命じる判決。

控訴審の判決言い渡しは21年6月予定。

本書収載の詩・詞は『ＣＤブック・獄中詩集「壁のうた」』（桜井昌司・著／高文研）に拠る

題字　桜井昌司
ブックデザイン　鈴木成一デザイン室

桜井昌司

さくらい・しょうじ

1947年栃木県生まれ。高校中退後いくつかの職を転々とする。67年茨城県北相馬郡利根町布川で起きた強盗殺人事件の容疑者として逮捕され、78年に無期懲役確定。29年間を獄中で過ごし、96年仮釈放。利根町に住み、土木建設会社に勤務する傍ら、第二次再審請求申し立てに向けて準備を進める。2001年第二次再審請求申し立て。05年地裁による再審開始決定。09年特別抗告棄却で最高裁による再審開始確定。11年無罪判決。事件後、43年7カ月を経てようやく無実が認められる。服役中から詩作と作曲に取り組む。著書に『獄中詩集 壁のうた――無実の二十九年・魂の記録』がある。

俺の上には
空がある
広い空が

2021年4月15日　第1刷発行

著者　桜井昌司
発行者　鉄尾周一
発行所　株式会社マガジンハウス
〒104-8003 東京都中央区銀座 3-13-10
書籍編集部　☎03-3545-7030
受注センター☎049-275-1811
印刷・製本所　株式会社千代田プリントメディア

ISBN978-4-8387-3148-0 C0095